TROIS NOUVELLES NATURALISTES

ÉTONNANTS • CLASSIQUES

TROIS NOUVELLES NATURALISTES

Présentation, notes, chronologie, cahier photos et dossier par
STÉPHANE GOUGELMANN,
professeur de lettres

Avec la participation de LAURENT JULLIER,
professeur en études de cinématographie, pour «Un livre, un film»

Flammarion

Dans la collection « Étonnants Classiques »

MAUPASSANT, *Bel-Ami*

Boule de suif

La Ficelle et autres nouvelles des champs

Le Horla et autres contes fantastiques

Le Papa de Simon et autres nouvelles

La Parure et autres scènes de la vie parisienne

Pierre et Jean

Toine et autres contes normands

Une partie de campagne et autres nouvelles au bord de l'eau

Une vie

ZOLA, *Au Bonheur des Dames*

Comment on meurt

Germinal

Jacques Damour

Thérèse Raquin

Édition revue, 2014 et 2018.
ISBN : 978-2-0814-4478-2
ISSN : 1269-8822

SOMMAIRE

Trois Nouvelles naturalistes

PRÉSENTATION

La nouvelle au XIXe siècle

Les récits rassemblés dans cette édition ressortissent tous trois au genre de la nouvelle. La définition couramment attribuée à cette forme narrative est assez simple : il s'agit de raconter de façon ramassée une histoire fictive. Cela suppose une action peu complexe, un nombre assez limité de personnages, un espace et une temporalité resserrés ou elliptiques. Aujourd'hui, on réserve plutôt l'appellation « nouvelle » aux textes empreints de réalisme et le vocable « conte » aux textes fantastiques ou merveilleux. Mais au XIXe siècle, les deux dénominations s'emploient indifféremment pour désigner tout récit d'invention de longueur restreinte.

Quelle que soit la terminologie adoptée, l'histoire brève connaît, dans la deuxième moitié du XIXe siècle, un essor remarquable. Elle répond aux goûts de l'époque, comme l'expose Jules Lemaitre, un des critiques littéraires les plus connus de son temps : « Nous sommes de plus en plus pressés ; notre esprit veut des plaisirs rapides ou de l'émotion en brèves secousses : il nous faut du roman condensé s'il se peut, ou abrégé si l'on n'a rien de mieux à nous offrir » (*Les Contemporains*, première série, 1886). La presse, alors en plein développement, contribue à populariser le genre. Avant d'être éventuellement rassemblées en recueils, les nouvelles paraissent en effet dans toutes sortes de publications périodiques. Leur concision s'adapte parfaitement aux contraintes d'espace qu'impose le support. En outre, les hommes de lettres trouvent dans cette collaboration avec la presse une source de revenus non négligeable.

La présence de la littérature dans les journaux et les revues généralistes n'a rien d'incongru cependant. Depuis les années 1850, nombre d'écrivains souhaitent donner à la fiction un air de vraisemblance et faire de l'invention le reflet non déformé du réel observé. Dans cette optique dite « réaliste », le voisinage d'une nouvelle avec un article de journal manifeste chez l'écrivain l'intention de livrer au lecteur des tranches de vie aussi saignantes de vérité que celles exposées dans les rubriques dévolues aux faits divers ou à la société. Certains auteurs alternent d'ailleurs les fonctions de romancier et de journaliste. Émile Zola rédige ainsi plus de mille huit cents articles pour *Le Sémaphore de Marseille* entre 1871 et 1877, Guy de Maupassant livre de nombreuses chroniques, notamment au *Gaulois*, au *Gil Blas* ou au *Figaro*[1], et Joris-Karl Huysmans est critique d'art dans plusieurs revues.

Parmi les nouvelles proposées dans ce volume, deux furent ainsi préalablement publiées dans des périodiques. Les lecteurs du *Messager de l'Europe* d'août 1880, puis ceux du *Figaro* des 27, 28, 29, 30 avril et 1er et 2 mai 1883, eurent la primeur de *Jacques Damour* que Zola adjoignit ensuite au recueil *Naïs Micoulin* (1884). La nouvelle *Hautot père et fils* de Maupassant parut dans *L'Écho de Paris* le 5 janvier 1889, puis dans *La Vie populaire* le 24 avril 1889, avant d'être reprise dans le recueil *La Main gauche* (1889). *La Retraite de M. Bougran*, quant à elle, devait être insérée dans la revue britannique *The Universal Review*, mais le texte fut refusé par son directeur, Harry Quilter, et rangé dans un tiroir par Huysmans[2].

---

1. Maupassant s'inspire de son expérience dans les milieux du journalisme pour écrire son deuxième roman, *Bel-Ami* (1885).
2. La nouvelle de Huysmans ne fut publiée la première fois qu'en 1964, aux éditions Jean-Jacques Pauvert.

Un groupe d'écrivains naturalistes

La tradition littéraire place ordinairement Zola, Huysmans et Maupassant dans la même mouvance littéraire.

On ne peut pas véritablement parler d'« école » mais plutôt, comme le dit Zola dans sa préface de *Thérèse Raquin*, d'un « groupe d'écrivains » liés par l'amitié et des préoccupations artistiques communes. *Les Soirées de Médan*[1] (1880), recueil de nouvelles prenant pour thème la guerre de 1870, signées par Émile Zola, Guy de Maupassant, Joris-Karl Huysmans, Henry Céard, Léon Hennique et Paul Alexis[2], apparaissent aux yeux de l'opinion publique comme le manifeste d'une jeune génération d'écrivains.

Émile Zola (1840-1902) tient le rôle de porte-enseigne du groupe. Après son échec au baccalauréat en 1859, il noue très vite des contacts dans les milieux littéraires et artistiques parisiens alors qu'il est employé aux éditions Hachette. Devenu journaliste, il acquiert une rapide notoriété en prenant position en faveur de la peinture moderne (notamment dans sa défense des œuvres de Manet), par sa campagne pour une littérature nouvelle (à travers des articles recueillis dans *Mes haines*, 1866) et surtout grâce à l'un de ses premiers romans, *Thérèse Raquin* (1867). Fort de ce début prometteur, Zola élabore une vaste fresque romanesque, *Les Rougon-Macquart*, vingt romans retraçant l'« histoire naturelle

---

1. Médan est un village de la région parisienne où Zola possédait, depuis 1878, une maison. S'y retrouvaient souvent les amis de l'écrivain qui défendaient des conceptions analogues en matière d'art.

2. Dans *Les Soirées de Médan*, Henry Céard (1851-1924) publia *La Saignée*, Léon Hennique (1850-1935) *L'Affaire du grand 7* et Paul Alexis (1847-1901) *Après la bataille*.

et sociale d'une famille sous le second Empire » (comme le précise le sous-titre), parus de 1871 à 1893 [1]. Le succès est colossal et certains tirages dépassent les cent vingt mille exemplaires [2]. Chaque roman raconte une étape dans l'ascension et la dégénérescence d'une famille composée de deux branches (les Rougon et les Macquart), du coup d'État de Louis-Napoléon Bonaparte à la chute de l'empereur en 1870 et à l'épisode de la Commune. Zola produit ensuite deux autres cycles : *Les Trois Villes* [3] (1894-1898) et *Les Quatre Évangiles* [4] (1899-1903), demeurés inachevés. Parallèlement, il publie des nouvelles dont certaines sont rassemblées en recueil : *Contes à Ninon* (1864), *Nouveaux Contes à Ninon* (1874), *Le Capitaine Burle* (1882), *Naïs Micoulin* (1883), etc. Zola rédige également des chroniques qui abordent tous les domaines (art, littérature, société, politique). Il fait ainsi figure d'écrivain engagé, d'« intellectuel », dira-t-on ensuite, soucieux d'intervenir dans la vie de la cité. Son combat le plus connu reste celui qu'il a mené en faveur du capitaine Dreyfus, injustement accusé d'espionnage au profit de l'Allemagne, arrêté et condamné à la déportation à vie en 1894. Il publie alors une lettre ouverte, le célèbre « J'accuse », dans *L'Aurore*, texte qui lui vaut d'être condamné à un an de prison [5]. Il meurt asphyxié chez lui, à Paris, le 29 septembre 1902, probablement à la suite d'une malveillance politique.

---

1. *La Fortune des Rougon* (1871), *La Curée* (1872), *Le Ventre de Paris* (1873), *La Conquête de Plassans* (1874), *La Faute de l'abbé Mouret* (1875), *Son Excellence Eugène Rougon* (1876), *L'Assommoir* (1877), *Une page d'amour* (1878), *Nana* (1880), *Pot-Bouille* (1882), *Au Bonheur des Dames* (1883), *La Joie de vivre* (1884), *Germinal* (1885), *L'Œuvre* (1886), *La Terre* (1887), *Le Rêve* (1888), *La Bête humaine* (1890), *L'Argent* (1891), *La Débâcle* (1892), *Le Docteur Pascal* (1893).
2. Le record est détenu par *Nana* : cent soixante-six mille exemplaires tirés dans la « Bibliothèque Charpentier » en 1893.
3. *Lourdes* (1894), *Rome* (1896), *Paris* (1898).
4. *Fécondité* (1899), *Travail* (1901), *Vérité* (1903, posthume) et *Justice*, qui est resté à l'état de notes.
5. Zola n'effectua pas sa peine et partit en exil à Londres.

C'est en 1876 que Joris-Karl Huysmans (1848-1907) est introduit chez Zola par l'intermédiaire d'Henri Céard. À cette époque, fonctionnaire au ministère de l'Intérieur, Charles-Georges Huysmans[1] n'a fait paraître que quelques articles et un recueil de poèmes en prose, *Le Drageoir aux épices* (1874). Les premiers romans qu'il compose sont de facture ouvertement naturaliste : *Marthe* (1876), *Les Sœurs Vatard* (1879), *En ménage* (1881), *À vau-l'eau* (1882). Mais *À rebours* (1884) suivi d'*En rade* (1887) marquent une première rupture esthétique avec le naturalisme. En 1891, l'écrivain se convertit au catholicisme et ses dernières œuvres, comme *Là-Bas* (1891), *En Route* (1895) ou *La Cathédrale* (1897), expriment avant tout un élan mystique. Premier président de l'académie Goncourt, élu en 1900, il s'éteint le 12 mai 1907.

Guy de Maupassant (1850-1893) est né en Normandie, et a situé dans cette région bon nombre de ses récits. Encore lycéen à Rouen, il rencontre l'écrivain Gustave Flaubert (1821-1880) qui devient son ami et son mentor en littérature. Fonctionnaire aux ministères de la Marine, puis de l'Instruction publique, il fréquente Zola et ses amis à partir de 1875. La nouvelle *Boule-de-Suif*, insérée dans *Les Soirées de Médan*, est reconnue d'emblée comme un chef-d'œuvre. Elle lui apporte le succès et lui ouvre les portes du journalisme. En collaborant au *Gaulois* puis au *Gil Blas*, il peut vivre de sa plume. En à peine dix ans, Maupassant va rédiger, entre autres, près de trois cents contes ou nouvelles[2] et six romans[3]. Il est considéré comme l'un des maîtres dans l'art de

1. Huysmans a modifié son prénom en le traduisant en néerlandais et en l'inversant : Joris-Karl. Ainsi l'écrivain voulait-il probablement rendre hommage à son père, né en Hollande.
2. Citons parmi les quinze recueils de Maupassant : *La Maison Tellier* (1881), *Mademoiselle Fifi* (1882), *Contes de la Bécasse* (1883), *Yvette* (1885), *Contes du jour et de la nuit* (1885), *Toine* (1885), *Le Horla* (1887), *Clair de lune* (1889), *L'Inutile Beauté* (1890).
3. *Une vie* (1883), *Bel-Ami* (1885), *Mont-Oriol* (1887), *Pierre et Jean* (1887), *Fort comme la mort* (1889), *Notre cœur* (1890).

suggérer les sensations et les atmosphères fantastiques (voir *Le Horla*, 1887). Luttant contre la syphilis dont les premiers symptômes sont apparus dès 1877, Maupassant mène une vie intense, presque frénétique : sport, aventures amoureuses, nombreux voyages (notamment sur son yacht le *Bel-Ami*). Mais à partir de 1890, la maladie progresse considérablement. Il meurt à la maison de santé du docteur Blanche le 6 juillet 1893.

Définition du naturalisme

Le mot « naturalisme » appliqué aux arts et aux lettres apparaît sous la plume de Zola en 1866. L'écrivain use d'un terme employé depuis le XVIIe siècle par les philosophes et les savants qui se consacrent à l'étude rationnelle de la nature [1]. Au XIXe siècle, les penseurs dits « positivistes », comme Auguste Comte (1798-1857), estiment que tout phénomène répond à des lois de la nature que les progrès de la raison humaine permettent de découvrir peu à peu. Influencé par ce courant scientiste [2], Zola souhaite que les productions esthétiques ou romanesques respectent ces grandes lois. Selon lui, pour y parvenir, l'artiste doit se comporter comme un savant. « Si la méthode expérimentale a pu être portée de la chimie et de la physique dans la physiologie et la médecine, elle peut l'être de la physiologie dans le roman naturaliste », écrit-il dans un recueil d'articles intitulé significativement *Le Roman expérimental* (1880) [3]. Ainsi, pour créer, le romancier doit-il à la

1. Au XIXe siècle, le terme « naturalisme » fut appliqué à l'esthétique de certains peintres de plein air représentant la réalité sans chercher à l'idéaliser.
2. *Scientiste* : qui prétend résoudre les problèmes philosophiques par la science.
3. Le titre est inspiré par l'*Introduction à l'étude de la médecine expérimentale* de Claude Bernard (1865).

fois être inspiré par les découvertes scientifiques de son temps et scruter minutieusement la réalité contemporaine sans négliger aucun sujet. Zola accumule donc les sources documentaires et réalise des enquêtes de terrain avant de commencer la plupart de ses livres. Pour décrire la Commune dans *Jacques Damour*, il se sert d'une série d'articles parus dans *Le Voltaire* sur les communards condamnés à l'exil, et notamment d'un papier consacré à Henri Rochefort (1831-1913). Ce journaliste, qui prit position en faveur de la Commune de Paris, fut contraint de partir en Nouvelle-Calédonie d'où il s'évada et se réfugia à Genève. Durant son exil, il se lia à un ancien proscrit, un certain Camille Berru, dont Zola réutilise le nom pour l'un des personnages de sa nouvelle [1]. Maupassant aussi se documente et suit les cours du médecin aliéniste Charcot (1825-1893) à l'hôpital de la Salpêtrière. En se prévalant d'une méthode expérimentale empruntée aux sciences, les écrivains naturalistes semblent aller plus loin dans l'exploration du monde que leurs prédécesseurs réalistes (Balzac, Flaubert, les frères Goncourt, etc.), soucieux avant tout de vraisemblance.

Si l'œuvre devait se réduire à un simple reflet du monde observé, elle ne livrerait qu'une image confuse de la vérité. Pour dégager du sens, comme le rappelle notamment Maupassant dans la préface de *Pierre et Jean*, l'écrivain doit procéder à une véritable recréation, en donnant « une vision plus complète, plus saisissante, plus probante que la réalité même ». Zola énonce la règle de toute fiction naturaliste : le romancier « fait mouvoir les personnages dans une histoire particulière, pour y montrer que la succession des faits y sera telle que l'exige le déterminisme des phénomènes mis à l'étude » (*Le Roman expérimental*). Cependant, l'art se distingue de la science par la personnalité de l'artiste. Si le moi du scientifique s'efface devant sa découverte, l'artiste, au

1. Pour plus de précisions sur les sources documentaires de Zola, voir les indications de Nadine Satiat dans sa présentation de *Naïs Micoulin*, GF-Flammarion, 1997, p. 46.

contraire, exprime son « tempérament » à travers sa création : « les écrivains naturalistes sont ceux dont la méthode d'étude serre la nature et l'humanité du plus près possible, tout en laissant, bien entendu, le tempérament particulier de l'observateur libre de se manifester comme bon lui semble » (*Le Naturalisme au théâtre*, 1881). Zola donne d'ailleurs cette définition de l'œuvre d'art : « un coin de nature vu à travers un tempérament » (*Mes haines*).

Les références scientifiques qui ont influencé les écrivains naturalistes sont nombreuses. Elles recouvrent des domaines aussi différents que la physique, la mécanique, la physiologie ou la psychiatrie. Mais ce sont surtout les théories sur l'hérédité, et notamment celles formulées par Charles Darwin (*De l'origine des espèces*, 1859 ; traduction française en 1862), qui ont marqué les écrivains naturalistes dans leur vision de la nature humaine. Pour Darwin, les espèces vivantes se transforment à la suite de l'action du milieu dans lequel elles vivent et des mécanismes de la sélection naturelle et de la transmission héréditaire des caractères acquis. Le philosophe français Hippolyte Taine (1828-1893), admiré par les naturalistes, applique ces idées aux hommes pour comprendre leur évolution historique et sociale. Zola bâtit l'arbre généalogique des Rougon-Macquart en utilisant *Le Traité philosophique et physiologique de l'hérédité naturelle* du docteur Pierre Lucas (1868). Il s'agit de montrer que le destin d'un individu est conditionné par son « tempérament », le milieu social dans lequel il évolue et l'époque dans laquelle il vit.

On prendra garde cependant de dissocier les présupposés théoriques des naturalistes et leurs applications romanesques. D'une part, la pratique ne correspond pas toujours au discours idéologique. En effet, il arrive souvent que le romancier détourne ce substrat scientifique au profit de ce que lui impose son imagination. D'autre part, tous les écrivains naturalistes n'ont pas appliqué avec une égale rigueur la méthode expérimentale prônée par leur maître Zola. Par exemple, Maupassant n'a pas pratiqué l'enquête de terrain et a toujours refusé l'étiquette de naturaliste. Enfin, même dans leurs écrits les plus naturalistes, chaque auteur conserve un style propre et une vision du monde particulière qui les rendent autonomes et parfaitement singuliers.

Cependant, les trois nouvelles que nous avons sélectionnées, même fort différentes, relèvent assurément d'une esthétique naturaliste.

Trois nouvelles, une esthétique commune

Les trois nouvelles de ce volume montrent d'abord que le naturalisme s'inscrit dans le sillage du mouvement réaliste qui l'a précédé. Les trois auteurs cherchent à donner l'illusion du réel par des procédés déjà éprouvés : l'inscription de la fiction dans un cadre spatio-temporel reconnaissable (Paris, Nouméa, la Normandie, la fin du XIXe siècle), des milieux sociaux fortement caractérisés (les riches paysans dans *Hautot père et fils*, les fonctionnaires dans *La Retraite de M. Bougran*, les ouvriers et les petits commerçants dans *Jacques Damour*), un goût pour le concret, l'usage fréquent du discours direct qui renforce l'impression que les personnages sont vivants, un type de langage et des niveaux de langue appropriés au statut social des individus (maladresse paysanne chez Maupassant, langage argotique ou familier chez Huysmans et Zola, formules administratives chez Huysmans), des événements parfaitement plausibles (le remariage de Félicie, le nouveau ménage d'Hautot père, le départ en retraite de M. Bougran...), des rapports cohérents entre les êtres, etc. On note également l'effacement du narrateur qui ne s'exprime jamais à la première personne, comme par souci d'objectivité, même s'il cherche à faire émerger une vérité sur le monde qu'il met en scène, notamment en usant d'un point de vue omniscient[1].

Mais les nouvelles témoignent d'une esthétique proprement naturaliste, révélant certains présupposés idéologiques dont on ne mentionnera ici que quelques exemples. La question de la transmission, en particulier du patrimoine héréditaire, est ainsi posée en filigrane dans la nouvelle de Zola où les ressemblances entre les parents et leurs enfants sont mentionnées dès le premier chapitre. Elle s'inscrit explicitement dans *Hautot père et fils*, comme l'indique clairement le titre. La nouvelle de Maupassant ne met-elle pas en effet en avant l'étonnante continuité entre la conduite du père et celle de son fils ? Enfin, le célibat de M. Bougran fait sens dans ce contexte. Homme dénué de personnalité tant il s'assimile à sa fonction, il est vide, inutile, et, partant, ne peut qu'être infécond.

Le destin de Jacques Damour illustre quant à lui assez bien la modélisation de Taine selon laquelle la « race », le « milieu » et le « moment » sont les facteurs essentiels du déterminisme humain. Ainsi l'attitude séditieuse du personnage semble-t-elle résulter de la conjonction entre sa nature généreuse (son nom l'indique suffisamment), la situation historique (le siège de Paris qui entraîne la misère, la Commune qui surchauffe les esprits) et le milieu ouvrier enclin à l'agitation révolutionnaire. Une spécificité héréditaire caractérise en outre Jacques et son fils Eugène : un caractère influençable. Tous deux se laissent entraîner par Berru, en même temps que, désœuvrés, ils s'encouragent mutuellement à la révolte : « Alors, Damour et Eugène achevèrent de se monter la tête, ainsi que disait la mère. Oisifs du matin au soir, sortis de

1. On parle de « point de vue omniscient » quand le narrateur raconte comme s'il en voyait et en savait plus que les personnages.

leurs habitudes, et les bras mous depuis qu'ils avaient quitté l'étau, ils vivaient dans un malaise, dans un effarement plein d'imaginations baroques et sanglantes » (p. 46). On relèvera également l'influence néfaste de l'alcool : la déchéance de Jacques Damour dans la dernière partie de la nouvelle est proportionnelle aux litres de vin que Berru l'incite à ingurgiter.

L'insistance des trois auteurs sur le corps et les maladies des personnages souligne par ailleurs l'importance de la physiologie. Jacques Damour se dessèche, Louise est chétive, Félicie engraisse, Sagnard est « un gros homme de soixante ans, parfaitement conservé ». Dans la nouvelle de Maupassant, l'agonie d'Hautot père est évoquée avec une précision clinique. Dans celle de Huysmans, Bougran, vieilli avant l'âge, mis à la retraite « pour cause d'invalidité morale », neurasthénique, meurt d'une « contention de cerveau ».

Enfin, les trois nouvelles mettent en relief le phénomène de la répétition : effets d'entraînement collectif pendant la Commune et retour à l'ordre bourgeois une fois la révolte matée dans *Jacques Damour*, duplication du schéma intime entre Hautot le père et Hautot le fils, reprise des habitudes de bureau dans l'univers privé de M. Bougran. Or toutes les sciences, au XIXe siècle, s'intéressent au problème de la reproduction : la sociologie examine les mimétismes sociaux, tels les phénomènes de foule, les biologistes étudient l'hérédité sous l'angle de la reproductibilité des comportements, les historiens pensent l'histoire en terme de cycles, les médecins s'interrogent sur les automatismes et voient dans les attitudes mécaniques une forme d'aliénation mentale, etc.

Le naturalisme de ces trois récits tient donc en grande partie à l'arrière-fond idéologique qui contribue implicitement à expliquer le destin des héros. Cependant on ne saurait considérer ces nouvelles comme de simples illustrations de préceptes scientifiques.

Une profonde originalité

La répétition étant perçue comme la marque même d'une dépersonnalisation, les écrivains ne pouvaient reproduire les modèles que leur proposait la science sans risquer à leur tour de transformer leurs œuvres en simples chambres d'écho des discours de la science. M. Bougran pourrait d'ailleurs incarner la figure même de l'anti-romancier, incapable de composer autre chose que des formules toutes faites et des lettres types. Chacun soumet donc la théorie à son point de vue et l'énonce au moyen d'un imaginaire et d'un style entièrement propres.

On remarquera par exemple que chaque écrivain invente une symbolique particulière : symbole de la pipe pour signifier la relation sexuelle chez Maupassant, symbole de la nature torturée par les instruments des jardiniers pour rendre compte de la complexité de l'administration mais aussi du déchirement intérieur de M. Bougran, symbole de la boucherie dans *Jacques Damour* pour suggérer sans doute à la fois la cruauté du destin qui met les êtres en charpie et le travail de l'écrivain naturaliste qui opère à vif dans la chair de l'humanité.

De plus, l'œuvre résulte d'une vision du monde très personnelle. Ainsi, dans *Jacques Damour*, Zola, qui voit dans la révolution une force aveugle menant la nation à sa perte, exprime-t-il une opinion négative sur la Commune[1] en montrant l'emballement collectif, irraisonné et mortifère, d'un peuple affamé par le siège. Mais en faisant de Jacques Damour un personnage candide et de bonne foi, et de Berru une sorte de serpent hypocrite et tentateur, il exonère l'ouvrier honnête de la faute et pointe du doigt les quelques agitateurs : « Que d'hommes trompés et égarés pour quelques fous ! Les listes des morts et blessés que

1. Il développera son point de vue dans son roman *La Débâcle*.

publient les journaux de Versailles sont navrantes à lire. Ce sont presque tous des ouvriers ; ils sont mariés, ils ont quatre et cinq enfants », déplorait Zola dans un de ses articles du *Sémaphore de Marseille*[1]. De même, dans *Hautot père et fils*, Maupassant s'attaque-t-il au conformisme bourgeois en faisant du fils le remplaçant du père dans le cœur de Caroline Donet. Quant à Huysmans, fonctionnaire toute sa vie, il paraît régler ses comptes avec l'administration, machine dont les agents ressemblent à des automates, incapables de s'exprimer autrement que par le truchement d'une « phraséologie » toute faite. Bougran, écartelé comme un arbuste du Luxembourg, finit tel un engin dont le moteur, tournant à vide, se dérègle peu à peu. Mais, derrière le drame de M. Bougran et au-delà de la critique de l'administration, ne peut-on pas considérer la nouvelle de Huysmans comme une dénonciation des aliénations modernes inhérentes au monde du travail ?

*

Au fond, à travers leur nouvelle, les trois auteurs manifestent leur pessimisme. Les personnages très banals – un ouvrier, une bouchère et un boucher, une demi-mondaine, un fonctionnaire, deux riches propriétaires terriens – ne se transforment-ils pas peu à peu en monstres ? César, en succédant à son père dans le cœur de Caroline, la mère de son demi-frère, entame une relation incestueuse. L'abandon de Louise fait de Félicie une mère dénaturée. L'engagement de Jacques comme domestique de sa propre fille révèle l'altération profonde des rapports filiaux. Louise devenue « cocotte » symbolise alors la décadence de la bourgeoisie française enivrée d'« or » et de « chair », pour reprendre les mots de *La Curée*. Enfin, la folie de M. Bougran se lit comme le symptôme d'un monde qui broie les individus et rend mécanique le

1. *Le Sémaphore de Marseille*, 21 avril 1871, cité par Nadine Satiat, dans sa présentation de *Naïs Micoulin*, éd. cit.

comportement des êtres. Cependant, on remarquera l'ironie avec laquelle les naturalistes dénoncent cette société malade. Ce n'est pas sans un certain sourire que Zola nous montre comment se tarit la fougue révolutionnaire et comment les communards deviennent des hommes rangés, que Maupassant décrit le ménage de Mlle Donet et d'Hautot père qui se reforme peu à peu avec César, que Huysmans débite les formules ridicules des ministères et fait évoluer M. Bougran comme un pantin de plus en plus désarticulé. Le rire est peut-être le seul antidote contre la décadence.

CHRONOLOGIE

1840 1907

■ Repères historiques et culturels

■ Vie et œuvre de Zola, Huysmans et Maupassant

Repères historiques et culturels

1848	22, 23 et 24 février : insurrection qui met fin à la monarchie de Juillet, remplacée par la IIe République. Louis-Napoléon Bonaparte est élu président de la République.
1851-1852	En 1851, coup d'État de Louis-Napoléon Bonaparte. Un an plus tard, il se fait couronner empereur et s'attribue le nom de Napoléon III. Début du second Empire.
1853	À Paris, début des travaux du baron Haussmann, préfet de la Seine.
1855	Gustave Courbet, qui a vu deux de ses tableaux refusés à l'Exposition universelle, organise sa propre exposition, qu'il intitule « Réalisme », dans un pavillon à l'écart.
1857	Flaubert, *Madame Bovary*. Baudelaire, *Les Fleurs du mal*.
1859	Darwin, *De l'origine des espèces au moyen de la sélection naturelle* (trad. française, 1862).
1860	Edmond et Jules de Goncourt, *Charles Demailly*. Lenoir invente le moteur à explosion.
1862	Hugo, *Les Misérables*.
1863	Manet, *Le Déjeuner sur l'herbe*. Pasteur met au point le principe de « pasteurisation ».

Vie et œuvre de Zola, Huysmans et Maupassant

1840 Naissance d'Émile Zola à Paris. La famille s'installe à Aix-en-Provence trois ans plus tard.

1848 Naissance de Charles Marie Georges Huysmans à Paris.

1850 Naissance de Guy de Maupassant (à Fécamp ?).

1859 Zola échoue au baccalauréat.

1862 Zola entre comme commis à la librairie Hachette. Il fréquente les milieux littéraires et artistiques parisiens.

1863 Les premiers contes et premiers articles de Zola paraissent dans la presse.

Repères historiques et culturels

1863-1872	Littré, *Dictionnaire de la langue française*.
1864	Edmond et Jules de Goncourt, *Renée Mauperin*.
1864-1876	Larousse, *Grand Dictionnaire universel du* XIXᵉ *siècle*.
1865	Manet, *Olympia*.
1868	Daudet, *Le Petit Chose*.
1869	Flaubert, *L'Éducation sentimentale*.
1870	Guerre franco-allemande. 2 septembre : défaite française à Sedan et destitution de Napoléon III. 4 septembre : proclamation de la IIIᵉ République (1870-1940). 19-20 septembre : Paris encerclé par les Allemands.

Vie et œuvre de Zola, Huysmans et Maupassant

1864 Zola, chef de la publicité chez Hachette.
Il publie son premier recueil de contes : *Contes à Ninon*.

1865 Zola publie son premier roman : *La Confession de Claude*.

1866 Zola quitte la librairie Hachette. Il vivra désormais de sa plume et rédigera nombre d'articles, de contes, de critiques et de chroniques pour différents journaux.
Il publie deux recueils critiques : *Mes haines* et *Mon Salon*.
Huysmans obtient son baccalauréat et devient employé au ministère de l'Intérieur et des Cultes.

1867 Zola compose *Thérèse Raquin* (roman).
Huysmans publie son premier article dans la *Revue mensuelle* (« Des paysagistes contemporains »).

1869 Guy de Maupassant, élève au lycée de Rouen, obtient le baccalauréat. Il s'inscrit à la faculté de droit de Paris.

1870 Huysmans est enrôlé dans la garde nationale mobile de la Seine puis est commis aux écritures du ministère de la Guerre.
Maupassant, mobilisé, est affecté à l'intendance à Rouen.
Zola quitte Paris et rejoint Marseille.

Repères historiques et culturels

1871

28-29 janvier : signature de l'armistice.
8 février : élection des députés à l'Assemblée nationale.
1er mars : défilé des armées prussiennes sur les Champs-Élysées à Paris.
10 mars : transfert de l'Assemblée à Versailles.
15 mars : constitution du Comité central de la garde nationale.
18 mars : Thiers décide de récupérer les canons regroupés à Montmartre et d'occuper militairement Paris.
Début de l'insurrection parisienne.
26 mars : élection de la Commune de Paris.
28 mars : proclamation du Conseil de la Commune de Paris.
1er mai : formation d'un Comité de salut public.
21 mai : les troupes versaillaises entrent dans Paris.
Début d'une terrible répression : « semaine sanglante » (jusqu'au 28 mai).

1873

24 mai : chute de Thiers. Mac-Mahon est élu président de la République (régime de l'« Ordre moral »).
Monet, *Impression, soleil levant* (ce tableau est considéré comme le premier tableau impressionniste).

1874

Hugo, *Les Travailleurs de la mer.*

Vie et œuvre de Zola, Huysmans et Maupassant

1871 Maupassant parvient à se faire remplacer et quitte l'armée. En mars, Zola retourne à Paris. Il y demeure pendant la Commune, puis séjourne à Bennecourt. Début du cycle des Rougon-Macquart (RM) : *La Fortune des Rougon*. Huysmans, lui, est affecté à Versailles avec son ministère.

1872 Maupassant entre au ministère de la Marine.
Zola collabore à *La Cloche*, au *Sémaphore de Marseille* et au *Corsaire*, trois périodiques.
Il fait paraître *La Curée* (RM).

1873 Zola devient le critique dramatique de *L'Avenir national*.
Il publie *Le Ventre de Paris* (RM).
Thérèse Raquin est adaptée au théâtre.
Maupassant découvre les plaisirs du canotage sur la Seine et fréquente Flaubert.

1874 Zola publie *La Conquête de Plassans* (RM) et un recueil, *Nouveaux Contes à Ninon*.
Huysmans adopte le prénom Joris-Karl pour publier à compte d'auteur un recueil de poèmes en prose, *Le Drageoir à épices* (republié l'année suivante sous le titre *Le Drageoir aux épices*).

Repères historiques et culturels

1875	Inauguration du nouvel Opéra de Paris construit par Charles Garnier.
1876	Renoir peint *Le Bal au moulin de la Galette*. Bell invente le téléphone.
1877	Monet, *La Gare Saint-Lazare*. Edmond de Goncourt, *La Fille Élisa*.
1878	Jules Vallès, *L'Enfant*.
1879	Mac-Mahon démissionne. Jules Grévy devient président de la République. Retour des Chambres de Versailles à Paris.

Vie et œuvre de Zola, Huysmans et Maupassant

1875 Maupassant fait paraître son premier conte. Il fréquente Mallarmé, Tourguéniev et Zola. Ce dernier publie *La Faute de l'abbé Mouret* (RM) et collabore au *Messager de l'Europe*, revue de Saint-Pétersbourg.
Huysmans collabore au *Musée des deux mondes* et à *La République des Lettres* (chroniques et critiques esthétiques).

1876 Zola compose *Son Excellence Eugène Rougon* (RM).
Huysmans publie *Marthe, histoire d'une fille* (premier roman). Il rencontre Zola et Maupassant, et participe aux réunions naturalistes.

1877 Zola rédige de nombreux articles en faveur du naturalisme et publie *L'Assommoir* (RM), qui remporte un très grand succès.
Huysmans écrit une étude sur « Émile Zola et *L'Assommoir* ».
Maupassant connaît les premiers symptômes de la syphilis. Sa santé ne cessera de se détériorer.

1878 Zola écrit *Une page d'amour* (RM).
Il achète la maison de Médan, à l'ouest de Paris.

1879 Maupassant entre au ministère de l'Instruction publique.
Zola défend le naturalisme dans *Le Messager de l'Europe* et *Le Voltaire*.
L'Assommoir est adapté au théâtre.
Huysmans publie *Les Sœurs Vatard* (avec une dédicace à Zola).

Repères historiques et culturels

1880	Amnistie pour les communards. *La Marseillaise* devient l'hymne national. Célébration de la fête nationale le 14 juillet. Mort de Flaubert.
1880-1882	Lois de Jules Ferry sur l'enseignement primaire gratuit, laïque et obligatoire.
1881	Lois sur les libertés de la presse et de réunion. Flaubert, *Bouvard et Pécuchet* (publication posthume).
1883	Villiers de L'Isle-Adam, *Contes cruels*.
1884	Louis Desprez fait paraître *L'Évolution naturaliste*. Lois sur les libertés syndicales.
1885	Mort de Victor Hugo.

Vie et œuvre de Zola, Huysmans et Maupassant

1880 Zola publie un recueil d'articles théoriques sur le naturalisme, *Le Roman expérimental* et un roman, *Nana* (RM).
Avec Alexis, Céard et Hennique, Zola, Huysmans et Maupassant signent un recueil de nouvelles intitulé *Les Soirées de Médan* (Zola y publie *L'Attaque du moulin*, Huysmans *Sac au dos*, et Maupassant *Boule-de-Suif*).
Huysmans fait paraître *Croquis parisiens* (poèmes en prose).
Maupassant quitte son emploi au ministère et collabore au *Gaulois*.

1881 Zola publie *Les Romanciers naturalistes*, *Le Naturalisme au théâtre* et *Documents littéraires* ; il fournit une critique hebdomadaire au *Figaro*.
Huysmans publie *En ménage*.
Maupassant collabore au *Gil Blas*, effectue des reportages en Algérie et fait paraître des contes (*La Maison Tellier*).

1882 Zola écrit *Pot-Bouille* (RM) et *Le Capitaine Burle* (nouvelles).
Huysmans publie *À vau-l'eau* et Maupassant *Mademoiselle Fifi*.

1883 Zola publie *Au Bonheur des Dames* (RM), Huysmans *L'Art moderne* et Maupassant *Une vie*, *Clair de lune* et *Contes de la Bécasse*.

1884 Zola enquête sur les mines d'Anzin ; il publie *La Joie de vivre* (RM) et *Naïs Micoulin* (recueil de nouvelles contenant ***Jacques Damour***).
Huysmans publie *À rebours*, qui révèle son évolution par rapport au naturalisme.

1885 Zola compose *Germinal* (RM) et Maupassant *Bel-Ami* (roman), *Contes du jour et de la nuit* et *Monsieur Parent* (recueils).

Repères historiques et culturels

1886	Mirbeau, *Le Calvaire*. Rimbaud, *Illuminations*. Arrivée de Van Gogh à Paris.
1887	Manifeste des Cinq (Bonnetain, Descaves, Rosny, P. Margueritte, Guiches), qui critique les outrances de *La Terre*.
1888-1900	Les mouvements symboliste et décadent se développent. Nombre d'artistes réagissent contre le réalisme et le naturalisme.
1889	Exposition universelle à Paris : inauguration de la tour Eiffel.
1889-1892	Scandale financier de Panamá.
1890	Van Gogh, *Champ de blé aux corbeaux*.
1891	Panhard et Levassor mettent au point la première automobile à essence. Gauguin à Tahiti. Cézanne, *Les Joueurs de cartes*. Seurat, *Le Cirque* (technique pointilliste).

Vie et œuvre de Zola, Huysmans et Maupassant

1886 Zola publie *L'Œuvre* (RM).

1887 Zola écrit *La Terre* (RM), Maupassant *Mont-Oriol* (roman) et *Le Horla* (recueil de nouvelles), Huysmans *En rade*.

1888 Zola publie *Le Rêve* (RM) et Huysmans *Un dilemme* (nouvelle), mais ne réussit pas à faire paraître ***La Retraite de M. Bougran***. Maupassant écrit *Pierre et Jean* (roman) avec une préface manifeste (« Le Roman »).

1889 Huysmans fait paraître *Certains*, Maupassant publie *Fort comme la mort* (roman) et le recueil *La Main gauche* dans lequel se trouve ***Hautot père et fils***.

1890 Zola compose *La Bête humaine* (RM).
Maupassant écrit *Notre cœur* (roman) et *L'Inutile Beauté* (recueil).
Huysmans se tourne vers le catholicisme.

1891 Zola publie *L'Argent* (RM) et devient président de la Société des gens de lettres. À l'Opéra-Comique, représentation du *Rêve* sur une musique d'Alfred Bruneau.
Huysmans publie son premier roman mystique, *Là-bas*.
Les troubles de santé de Maupassant s'aggravent : il ne peut achever le roman qu'il a commencé, *L'Angélus*, mais connaît le succès au théâtre avec *Musotte*, d'après la nouvelle *L'Enfant*.

Repères historiques et culturels

1892	Attentats anarchistes. Lois sur le travail des femmes et des enfants (dix heures au-dessous de dix-huit ans ; repos hebdomadaire). Maeterlinck, *Pelléas et Mélisande*. Jules Renard, *L'Écornifleur*. Rétrospective Pissaro, Renoir ; exposition Degas.
1893	Vaillant lance une bombe à la Chambre des députés.
1894	Debussy, *Prélude à l'après-midi d'un faune* (d'après un poème de Mallarmé). Jules Renard, *Poil de carotte*. Décembre : condamnation du capitaine Dreyfus à la déportation perpétuelle.
1895	André Gide, *Paludes*. Les frères Lumière inventent le cinématographe.
1896	Stéphane Mallarmé est élu « prince des poètes ». Alfred Jarry, *Ubu-Roi*. Mort d'Edmond de Goncourt. Fondation de l'académie Goncourt et du prix Nobel. Dans l'affaire Dreyfus, le colonel Picquart, convaincu de la culpabilité de l'officier Esterházy, le dénonce et exige la révision du procès.
1897	Mort de Daudet. Rostand, *Cyrano de Bergerac*.

Vie et œuvre de Zola, Huysmans et Maupassant

1892 Zola publie *La Débâcle* (RM) dont l'action se déroule pendant la guerre de 1870 et la Commune. Première retraite à la Trappe de Notre-Dame d'Igny pour Huysmans. Il accomplira souvent ce genre de séjours jusqu'à la fin de sa vie, notamment dans les monastères de Solesmes et de Ligugé. Maupassant tente de se suicider. Il est interné à la clinique du docteur Blanche à Passy.

1893 Zola publie *Le Docteur Pascal* (RM, dernier volume). 6 juillet : mort de Maupassant.

1894 Zola entame le cycle des *Trois Villes* : *Lourdes*.

1895 Huysmans publie *En Route*.

1896 Zola publie *Rome*.

1897 Campagne de Zola pour la révision du procès du capitaine Dreyfus.

Repères historiques et culturels

1899	Révision du procès Dreyfus (il ne sera réhabilité et réintégré dans l'armée qu'en 1906).
1900	Exposition universelle à Paris.
1901	Maurice Ravel, *Jeux d'eau*, pour piano.
1902	Ministère anticlérical de Combes.
1905	Lois de séparation des Églises et de l'État.

Vie et œuvre de Zola, Huysmans et Maupassant

1898 13 janvier : Zola publie « J'accuse » dans *L'Aurore*, lettre ouverte dans laquelle il prend la défense de Dreyfus. Il est condamné à un an de prison mais n'effectue pas sa peine et part en exil à Londres.
Il publie *Paris*.
Huysmans fait paraître *La Cathédrale* puis *Saint-Séverin*.
Il prend sa retraite en tant que chef de bureau honoraire.

1899 Zola rentre à Paris. Début du cycle (inachevé) des *Quatre Évangiles* : *Fécondité*.

1900 Zola effectue un reportage photographique à l'occasion de l'Exposition universelle à Paris. Huysmans accomplit la cérémonie de « vêture » de l'oblat, s'installe à Ligugé, est élu premier président de l'académie Goncourt.

1901 Zola publie *Travail* et Huysmans *Sainte Lydwine de Schiedam*. Ce dernier revient à Paris, après l'expulsion des moines de Ligugé.

1902 29 septembre : mort de Zola, asphyxié.

1903 Publication posthume de *Vérité* de Zola.

1905 Huysmans publie *Trois Primitifs*.

1906 Huysmans écrit *Les Foules de Lourdes*.

1907 12 mai : Huysmans meurt d'un cancer.

1908 Le corps de Zola est porté au Panthéon.

1964 Publication posthume de ***La Retraite de M. Bougran*** de Huysmans.

Trois Nouvelles naturalistes

■ Cette photographie d'une boucherie parisienne (boulevard Malesherbes, début du xxᵉ siècle) concorde avec la description de la boucherie Sagnard, située dans le même arrondissement, dans *Jacques Damour*.

Zola

Jacques Damour

(1880)

■ Émile Zola (1840-1902).

I

Là-bas, à Nouméa[1], lorsque Jacques Damour regardait l'horizon vide de la mer, il croyait y voir parfois toute son histoire, les misères du siège, les colères de la Commune[2], puis cet arrachement qui l'avait jeté si loin, meurtri et comme assommé. Ce n'était pas une vision nette, des souvenirs où il se plaisait et s'attendrissait, mais la sourde rumination d'une intelligence obscurcie, qui

1. ***Nouméa*** : ville portuaire, capitale de la Nouvelle-Calédonie (océan Pacifique). De 1864 à 1896, l'île servit de colonie pénitentiaire à la France. De nombreux communards y furent déportés.
2. ***La Commune*** : le terme renvoie à la période d'insurrection et au gouvernement révolutionnaire provisoire formé à Paris de mars a mai 1871. En effet, les échecs successifs de l'armée française contre les Prussiens, le siège de Paris (voir note 4, p. 43) et l'incapacité du gouvernement de la Défense nationale à maîtriser la situation militaire provoquèrent le développement de forces révolutionnaires opposées à la capitulation et souhaitant la mise en place d'une Commune insurrectionnelle. C'est après la signature de l'armistice (28-29 janvier 1871), le repli de l'Assemblée à Versailles et la décision de Thiers, chef de l'exécutif, de récupérer les canons regroupés à Montmartre et d'occuper militairement Paris (18 mars), que le Comité central de la garde nationale (voir note 1, p. 48) décréta les élections du Conseil de la Commune (28 mars). Après avoir occupé des positions stratégiques dans les banlieues parisiennes, les troupes versaillaises (140 000 hommes) reçurent l'ordre de reconquérir la capitale, le 21 mai 1871. Ce fut le début de la « semaine sanglante ». Malgré une résistance acharnée, les derniers communards tombèrent le 27 mai (20 000 morts ; 7 000 déportations).

revenait d'elle-même à certains faits restés debout et précis, dans l'écroulement du reste.

À vingt-six ans, Jacques avait épousé Félicie, une grande belle fille de dix-huit ans, la nièce d'une fruitière[1] de La Villette[2], qui lui louait une chambre. Lui, était ciseleur[3] sur métaux et gagnait jusqu'à des douze francs par jour[4] ; elle, avait d'abord été couturière ; mais, comme ils eurent tout de suite un garçon, elle arriva bien juste à nourrir le petit et à soigner le ménage. Eugène poussait gaillardement. Neuf ans plus tard, une fille vint à son tour ; et celle-là, Louise, resta longtemps si chétive, qu'ils dépensèrent beaucoup en médecins et en drogues. Pourtant, le ménage n'était pas malheureux. Damour faisait bien parfois le lundi[5] ; seulement, il se montrait raisonnable, allait se coucher, s'il avait trop bu, et retournait le lendemain au travail, en se traitant lui-même de propre à rien. Dès l'âge de douze ans, Eugène fut mis à l'étau. Le gamin savait à peine lire et écrire, qu'il gagnait déjà sa vie. Félicie, très propre, menait la maison en femme adroite et prudente, un peu « chienne » peut-être, disait le père, car elle leur servait des légumes plus souvent que de la viande, pour mettre des sous de côté, en cas de malheur. Ce fut leur meilleure époque. Ils habitaient, à Ménilmontant[6], rue des Envierges, un logement de trois pièces, la chambre du père et de la mère, celle d'Eugène, et une salle à manger où ils avaient installé les étaux, sans

1. ***Fruitière*** : marchande de fruits.
2. ***La Villette*** : quartier populaire dans le nord-est de Paris.
3. ***Ciseleur*** : personne dont le métier est de travailler le bois, le fer ou la pierre à l'aide d'un ciseau, outil d'acier tranchant à l'une de ses extrémités.
4. En 1871, le salaire moyen d'un ouvrier parisien avoisine les cinq francs par jour. Jacques Damour est donc bien payé pour sa condition.
5. ***Faisait bien parfois le lundi*** : fêtait parfois la paie hebdomadaire du lundi. Les « lundis » des ouvriers sont réputés jours de soûlerie au XIXe siècle.
6. ***Ménilmontant*** : quartier populaire du nord-est de Paris. La rue des Envierges existe toujours. Ménilmontant fut l'une des communes limitrophes annexées à Paris en 1859. On y construisit alors de très nombreux immeubles, en particulier pour les ouvriers.

compter la cuisine et un cabinet[1] pour Louise. C'était au fond d'une cour, dans un petit bâtiment ; mais ils avaient tout de même de l'air, car leurs fenêtres ouvraient sur un chantier de démolitions, où, du matin au soir, des charrettes venaient décharger des tas de décombres et de vieilles planches.

Lorsque la guerre éclata[2], les Damour habitaient la rue des Envierges depuis dix ans. Félicie, bien qu'elle approchât de la quarantaine, restait jeune, un peu engraissée, d'une rondeur d'épaules et de hanches qui en faisait la belle femme du quartier. Au contraire, Jacques s'était comme séché, et les huit années qui les séparaient le montraient déjà vieux à côté d'elle. Louise, tirée de danger, mais toujours délicate, tenait de son père, avec ses maigreurs de fillette ; tandis qu'Eugène, alors âgé de dix-neuf ans, avait la taille haute et le dos large de sa mère. Ils vivaient très unis, en dehors des quelques lundis où le père et le fils s'attardaient chez les marchands de vin. Félicie boudait, furieuse des sous mangés. Même, à deux ou trois reprises, ils se battirent ; mais cela ne tirait point à conséquence, c'était la faute du vin, et il n'y avait pas dans la maison de famille plus rangée. On les citait pour le bon exemple. Quand les Prussiens marchèrent sur Paris[3], et que le terrible chômage commença, ils possédaient plus de mille francs à la Caisse d'épargne. C'était beau, pour des ouvriers qui avaient élevé deux enfants.

Les premiers mois du siège[4] ne furent donc pas très durs. Dans la salle à manger, où les étaux dormaient, on mangeait encore du pain blanc et de la viande[5]. Apitoyé par la misère d'un

1. ***Cabinet*** : petite pièce.

2. ***Lorsque la guerre éclata*** : il s'agit de la guerre qui opposa les armées française et prussienne de juillet 1870 à janvier 1871.

3. L'armée française fut balayée par l'ennemi. Les Prussiens atteignirent Paris dès septembre 1870.

4. Du 19 septembre 1870 au 28 janvier 1871, Paris fut encerclée par les troupes prussiennes et soumise à un siège très rigoureux.

5. Grâce à leurs économies, les Damour peuvent encore s'approvisionner durant les premiers mois du siège, marqué par une grave pénurie alimentaire.

voisin, un grand diable de peintre en bâtiment nommé Berru[1] et qui crevait de faim, Damour put même lui faire la charité de l'inviter à dîner parfois ; et bientôt le camarade vint matin et soir. C'était un farceur ayant le mot pour rire, si bien qu'il finit par désarmer Félicie, inquiète et révoltée devant cette large bouche qui engloutissait les meilleurs morceaux. Le soir, on jouait aux cartes, en tapant sur les Prussiens. Berru, patriote, parlait de creuser des mines, des souterrains dans la campagne, et d'aller ainsi jusque sous leurs batteries[2] de Châtillon et de Montretout[3], afin de les faire sauter. Puis, il tombait sur le gouvernement, un tas de lâches qui, pour ramener Henri V[4], voulaient ouvrir les portes de Paris à Bismarck[5]. La république de ces traîtres[6] lui faisait hausser les épaules. Ah ! la république ! Et, les deux coudes sur la table, sa courte pipe à la bouche, il expliquait à Damour son gouvernement à lui, tous frères, tous libres, la richesse à tout le monde, la justice et l'égalité régnant partout, en haut et en bas[7].

« Comme en 93 », ajoutait-il carrément, sans savoir[8].

---

1. Le personnage annonce Chouteau dans *La Débâcle* (1892), décrit comme « l'artiste, le peintre en bâtiment de Montmartre, bel homme et révolutionnaire ».

2. ***Batteries*** : ensemble de pièces d'artillerie.

3. ***Châtillon*** et ***Montretout*** : lieux proches de la capitale où sont disposées les batteries prussiennes.

4. ***Henri V*** : le comte de Chambord (1820-1883), petit-fils de Charles X, dernier représentant de la branche aînée des Bourbons. Il voulut être couronné roi de France, sous le nom d'Henri V, après la chute du second Empire, en 1870.

5. ***Otto von Bismarck*** : Premier ministre de la Prusse au moment de la guerre (1815-1898).

6. Berru fait allusion à la IIIe République proclamée le 4 septembre 1870, après la capitulation de l'empereur le 2 septembre, à Sedan, et sa destitution. Incapable de contrôler la situation économique, politique et militaire, le nouveau « gouvernement de la Défense nationale » devint vite impopulaire.

7. Berru reprend, de façon assez évasive, des idées courantes dans les mouvements socialistes ouvriers.

8. Berru fait allusion à l'année 1793 et probablement aux discussions animées de l'assemblée de la Convention nationale. Il semble ignorer que le

Damour restait grave. Lui aussi était républicain, parce que, depuis le berceau, il entendait dire autour de lui que la république serait un jour le triomphe de l'ouvrier, le bonheur universel. Mais il n'avait pas d'idée arrêtée sur la façon dont les choses devaient se passer. Aussi écoutait-il Berru avec attention, trouvant qu'il raisonnait très bien, et que, pour sûr, la république arriverait comme il le disait. Il s'enflammait, il croyait fermement que, si Paris entier, les hommes, les femmes, les enfants, avaient marché sur Versailles en chantant *La Marseillaise*, on aurait culbuté les Prussiens, tendu la main à la province et fondé le gouvernement du peuple, celui qui devait donner des rentes [1] à tous les citoyens.

« Prends garde, répétait Félicie pleine de méfiance, ça finira mal, avec ton Berru. Nourris-le, puisque ça te fait plaisir ; mais laisse-le aller se faire casser la tête tout seul. »

Elle aussi voulait la république. En 48, son père était mort sur une barricade [2]. Seulement, ce souvenir, au lieu de l'affoler, la rendait raisonnable. À la place du peuple, elle savait, disait-elle, comment elle forcerait le gouvernement à être juste : elle se conduirait très bien. Les discours de Berru l'indignaient et lui faisaient peur, parce qu'ils ne lui semblaient pas honnêtes. Elle voyait que Damour changeait, prenait des façons, employait des mots, qui ne lui plaisaient guère. Mais elle était plus inquiète encore de l'air ardent et sombre dont son fils Eugène écoutait Berru. Le soir, quand Louise s'était endormie sur la table, Eugène croisait les bras, buvait lentement un petit verre d'eau-de-vie, sans parler, les yeux fixés sur le peintre, qui rapportait toujours de Paris quelque histoire extraordinaire de traîtrise : des

---

Comité de salut public, mis en place par les Girondins et reconstitué par les Montagnards, aidé du Comité de sûreté générale, exerça sur tous les opposants une « Terreur » sanglante.

1. ***Rentes*** : revenus perçus sans travailler.

2. Le père de Félicie a participé à la révolution de 1848 qui obligea le roi Louis-Philippe à abdiquer.

bonapartistes[1] faisant, de Montmartre, des signaux aux Allemands, ou bien des sacs de farine et des barils de poudre noyés dans la Seine, pour livrer la ville plus tôt[2].

« En voilà des cancans ! disait Félicie à son fils, quand Berru s'était décidé à partir. Ne va pas te monter la tête, toi ! Tu sais qu'il ment.

– Je sais ce que je sais », répondait Eugène avec un geste terrible.

Vers le milieu de décembre, les Damour avaient mangé leurs économies. À chaque heure, on annonçait une défaite des Prussiens en province, une sortie victorieuse qui allait enfin délivrer Paris ; et le ménage ne fut pas effrayé d'abord, espérant sans cesse que le travail reprendrait. Félicie faisait des miracles, on vécut au jour le jour de ce pain noir du siège, que seule la petite Louise ne pouvait digérer. Alors, Damour et Eugène achevèrent de se monter la tête, ainsi que disait la mère. Oisifs du matin au soir, sortis de leurs habitudes, et les bras mous depuis qu'ils avaient quitté l'étau, ils vivaient dans un malaise, dans un effarement plein d'imaginations baroques[3] et sanglantes. Tous deux s'étaient bien mis d'un bataillon de marche, seulement, ce bataillon, comme beaucoup d'autres, ne sortit même pas des fortifications, caserné dans un poste où les hommes passaient les journées à jouer aux cartes. Et ce fut là que Damour, l'estomac vide, le cœur serré de savoir la misère chez lui, acquit la conviction, en écoutant les nouvelles des uns et des autres, que le gouvernement avait juré d'exterminer le peuple, pour être maître de la république. Berru avait raison : personne n'ignorait qu'Henri V était à Saint-

---

1. ***Bonapartistes*** : partisans de la famille des Bonaparte et de leur gouvernement. La « traîtrise » semble en effet « extraordinaire » : si les bonapartistes font des « signaux aux Allemands », c'est qu'ils cherchent à pactiser avec ceux-là mêmes qui ont vaincu leur chef, Napoléon III.

2. L'attitude d'Eugène est la même que celle de Silvère écoutant Macquart dans *La Fortune des Rougon* (1870).

3. ***Baroques*** : excentriques, bizarres.

Germain, dans une maison sur laquelle flottait un drapeau blanc[1]. Mais ça finirait. Un de ces quatre matins, on allait leur flanquer des coups de fusil, à ces crapules qui affamaient et qui laissaient bombarder les ouvriers, histoire simplement de faire de la place aux nobles et aux prêtres. Quand Damour rentrait avec Eugène, tous deux enfiévrés par le coup de folie du dehors, ils ne parlaient plus que de tuer le monde, devant Félicie pâle et muette, qui soignait la petite Louise retombée malade, à cause de la mauvaise nourriture.

Cependant, le siège s'acheva, l'armistice[2] fut conclu, et les Prussiens défilèrent dans les Champs-Élysées[3]. Rue des Envierges, on mangea du pain blanc, que Félicie était allée chercher à Saint-Denis[4]. Mais le dîner fut sombre. Eugène, qui avait voulu voir les Prussiens, donnait des détails, lorsque Damour, brandissant une fourchette, cria furieusement qu'il aurait fallu guillotiner tous les généraux. Félicie se fâcha et lui arracha la fourchette. Les jours suivants, comme le travail ne reprenait toujours pas, il se décida à se remettre à l'étau pour son compte : il avait quelques pièces fondues, des flambeaux, qu'il voulait soigner, dans l'espoir de les vendre. Eugène, ne pouvant tenir en place, lâcha la besogne, au bout d'une heure. Quant à Berru, il avait disparu depuis l'armistice ; sans doute, il était tombé ailleurs sur une meilleure table. Mais, un matin, il se présenta très allumé, il raconta l'affaire des canons de Montmartre[5]. Des barricades s'élevaient partout, le triomphe du peuple arrivait enfin ; et il venait chercher Damour, en disant qu'on avait besoin de tous les bons citoyens. Damour quitta son étau, malgré la figure bouleversée de Félicie. C'était la Commune.

---

1. Saint-Germain se situe en région parisienne. Le drapeau blanc est le symbole de la royauté.

2. Voir note 2, p. 41.

3. Ce défilé eut lieu le 1er mars 1871.

4. ***Saint-Denis*** : ville de la banlieue nord de Paris.

5. Voir note 2, p. 41.

Alors, les journées de mars, d'avril et de mai se déroulèrent. Lorsque Damour était las et que sa femme le suppliait de rester à la maison, il répondait :

« Et mes trente sous ? Qui nous donnera du pain ? »

Félicie baissait la tête. Ils n'avaient, pour manger, que les trente sous du père et les trente sous du fils, cette paie de la garde nationale [1] que des distributions de vin et de viande salée augmentaient parfois [2]. Du reste, Damour était convaincu de son droit, il tirait sur les Versaillais [3] comme il aurait tiré sur les Prussiens, persuadé qu'il sauvait la république et qu'il assurait le bonheur du peuple. Après les fatigues et les misères du siège, l'ébranlement de la guerre civile le faisait vivre dans un cauchemar de tyrannie, où il se débattait en héros obscur, décidé à mourir pour la défense de la liberté. Il n'entrait pas dans les complications théoriques de l'idée communaliste. À ses yeux, la Commune était simplement l'âge d'or annoncé, le commencement de la félicité universelle ; tandis qu'il croyait, avec plus d'entêtement encore, qu'il y avait quelque part, à Saint-Germain ou à Versailles, un roi prêt à rétablir l'Inquisition [4] et les droits des seigneurs, si on le laissait entrer dans Paris. Chez lui, il n'aurait pas été capable d'écraser un insecte ; mais, aux avant-postes, il démolissait les gendarmes, sans un scrupule. Quand il

1. ***La garde nationale*** : milice née en juillet 1789, composée de civils, pour garantir l'ordre à Paris. Elle soutint la Commune.

2. Tous les motifs qui poussent à l'insurrection et qui figurent dans ces pages seront repris par Zola dans *La Débâcle* : désœuvrement des ouvriers, exaspération due au siège, phénomène d'entraînement populaire, paie de trente sous assurée aux gardes nationaux, etc. Zola reproduit ici des analyses courantes chez les historiens de son époque.

3. Adolphe Thiers avait ordonné le repli du gouvernement de Paris à Versailles en mars 1871. Le terme « Versaillais » désigne l'ensemble des adversaires de la Commune, mais ici, plus précisément, les troupes de soldats fidèles au chef de l'exécutif et qui furent chargés de reconquérir Paris au cours de la « semaine sanglante ».

4. ***L'Inquisition*** : tribunal ecclésiastique créé au Moyen Âge par le pape pour lutter contre l'hérésie. En France, elle bénéficia de l'appui royal mais son importance décrut dès la fin du XIVe siècle et elle disparut au XVIIIe siècle.

revenait, harassé, noir de sueur et de poudre, il passait des heures auprès de la petite Louise, à l'écouter respirer. Félicie ne tentait plus de le retenir, elle attendait avec son calme de femme avisée la fin de tout ce tremblement.

Pourtant, un jour, elle osa faire remarquer que ce grand diable de Berru, qui criait tant, n'était pas assez bête pour aller attraper des coups de fusil. Il avait eu l'habileté d'obtenir une bonne place dans l'intendance ; ce qui ne l'empêchait pas, quand il venait en uniforme, avec des plumets et des galons, d'exalter les idées de Damour par des discours où il parlait de fusiller les ministres, la Chambre [1], et toute la boutique, le jour où on irait les prendre à Versailles.

« Pourquoi n'y va-t-il pas lui-même, au lieu de pousser les autres ? » disait Félicie.

Mais Damour répondait :

« Tais-toi. Je fais mon devoir. Tant pis pour ceux qui ne font pas le leur ! »

Un matin, vers la fin d'avril, on rapporta, rue des Envierges, Eugène sur un brancard. Il avait reçu une balle en pleine poitrine, aux Moulineaux [2]. Comme on le montait, il expira dans l'escalier. Quand Damour rentra le soir, il trouva Félicie silencieuse auprès du cadavre de leur fils. Ce fut un coup terrible, il tomba par terre, et elle le laissa sangloter, assis contre le mur, sans rien lui dire, parce qu'elle ne trouvait rien, et que, si elle avait lâché un mot, elle aurait crié : « C'est ta faute ! » Elle avait fermé la porte du cabinet, elle ne faisait pas de bruit, de peur d'effrayer Louise. Aussi alla-t-elle voir si les sanglots du père ne réveillaient pas l'enfant. Lorsqu'il se releva, il regarda longtemps, contre la glace, une photographie d'Eugène, où le jeune homme s'était fait représenter en garde national [3]. Il prit

1. ***La Chambre*** : l'Assemblée élue le 8 février 1871 qui soutint en majorité le gouvernement d'Adolphe Thiers.
2. ***Moulineaux*** : commune limitrophe de Paris, au sud de la capitale.
3. Zola se passionne pour la photographie et est photographe lui-même. Le cliché produit un effet de réel puissant qui ne peut manquer de fasciner .../...

une plume et écrivit au bas de la carte : « Je te vengerai », avec la date et sa signature. Ce fut un soulagement. Le lendemain, un corbillard drapé de grands drapeaux rouges [1] conduisit le corps au Père-Lachaise [2], suivi d'une foule énorme. Le père marchait tête nue, et la vue des drapeaux, cette pourpre sanglante qui assombrissait encore les bois noirs du corbillard, gonflait son cœur de pensées farouches. Rue des Envierges, Félicie était restée près de Louise. Dès le soir, Damour retourna aux avant-postes tuer des gendarmes.

Enfin, arrivèrent les journées de mai [3]. L'armée de Versailles était dans Paris. Il ne rentra pas de deux jours, il se replia avec son bataillon, défendant les barricades, au milieu des incendies. Il ne savait plus, il tirait des coups de feu dans la fumée, parce que tel était son devoir. Le matin du troisième jour, il reparut rue des Envierges, en lambeaux, chancelant et hébété comme un homme ivre. Félicie le déshabillait et lui lavait les mains avec une serviette mouillée, lorsqu'une voisine dit que les communards tenaient encore dans le Père-Lachaise, et que les Versaillais ne savaient comment les en déloger.

« J'y vais », dit-il simplement.

Il se rhabilla, il reprit son fusil. Mais les derniers défenseurs de la Commune n'étaient pas sur le plateau, dans les terrains nus, où dormait Eugène. Lui, confusément, espérait se faire tuer sur la tombe de son fils. Il ne put même aller jusque-là. Des obus arrivaient, écornaient les grands tombeaux. Entre les ormes, cachés derrière les marbres qui blanchissaient au soleil, quelques gardes

---

.../... l'écrivain naturaliste. La photographie d'Eugène, capable de faire ressurgir instantanément le passé, permettra aussi à Jacques Damour de se rappeler avec force la promesse qu'il a inscrite au dos. Elle constitue donc un élément dramatique important.

1. ***Drapeaux rouges*** : drapeaux des révolutionnaires.

2. ***Père-Lachaise*** : cimetière de l'est parisien.

3. ***Les journées de mai*** : allusion à la « semaine sanglante » du 21 au 28 mai 1871 (voir note 2, p. 41).

nationaux lâchaient encore des coups de feu sur les soldats, dont on voyait les pantalons rouges monter. Et Damour arriva juste à point pour être pris. On fusilla trente-sept de ses compagnons [1]. Ce fut miracle s'il échappa à cette justice sommaire. Comme sa femme venait de lui laver les mains et qu'il n'avait pas tiré, peut-être voulut-on lui faire grâce. D'ailleurs, dans la stupeur de sa lassitude, assommé par tant d'horreurs, jamais il ne s'était rappelé les journées qui avaient suivi. Cela restait en lui à l'état de cauchemars confus : de longues heures passées dans des endroits obscurs, des marches accablantes au soleil, des cris, des coups, des foules béantes au travers desquelles il passait. Lorsqu'il sortit de cette imbécillité, il était à Versailles, prisonnier.

Félicie vint le voir, toujours pâle et calme. Quand elle lui eut appris que Louise allait mieux, ils restèrent muets, ne trouvant plus rien à se dire. En se retirant, pour lui donner du courage, elle ajouta qu'on s'occupait de son affaire et qu'on le tirerait de là. Il demanda :

« Et Berru ?

– Oh ! répondit-elle, Berru est en sûreté... Il a filé trois jours avant l'entrée des troupes, on ne l'inquiétera même pas. »

Un mois plus tard, Damour partait pour la Nouvelle-Calédonie. Il était condamné à la déportation simple. Comme il n'avait eu aucun grade, le conseil de guerre l'aurait peut-être acquitté, s'il n'avait avoué d'un air tranquille qu'il faisait le coup de feu depuis le premier jour. À leur dernière entrevue, il dit à Félicie :

« Je reviendrai. Attends-moi avec la petite. »

Et c'était cette parole que Damour entendait le plus nettement, dans la confusion de ses souvenirs, lorsqu'il s'appesantissait, la tête lourde, devant l'horizon vide de la mer. La nuit qui tombait le surprenait là parfois. Au loin, une tache claire restait longtemps,

---

1. C'est contre l'un des murs du cimetière du Père-Lachaise que furent fusillés les derniers résistants de la Commune, le 27 mai 1871 (le « mur des Fédérés »).

comme un sillage de navire, trouant les ténèbres croissantes ; et il lui semblait qu'il devait se lever et marcher sur les vagues, pour s'en aller par cette route blanche, puisqu'il avait promis de revenir.

II

À Nouméa, Damour se conduisait bien. Il avait trouvé du travail, on lui faisait espérer sa grâce [1]. C'était un homme très doux, qui aimait à jouer avec les enfants. Il ne s'occupait plus de politique, fréquentait peu ses compagnons, vivait solitaire ; on ne pouvait lui reprocher que de boire de loin en loin [2], et encore avait-il l'ivresse bon enfant, pleurant à chaudes larmes, allant se coucher de lui-même. Sa grâce paraissait donc certaine, lorsqu'un jour il disparut. On fut stupéfait d'apprendre qu'il s'était évadé avec quatre de ses compagnons. Depuis deux ans, il avait reçu plusieurs lettres de Félicie, d'abord régulières, bientôt plus rares et sans suite. Lui-même écrivait assez souvent. Trois mois se passèrent sans nouvelles. Alors, un désespoir l'avait pris, devant cette grâce qu'il lui faudrait peut-être attendre deux années encore ; et il avait tout risqué, dans une de ces heures de fièvre dont on se repent le lendemain. Une semaine plus tard, on trouva sur la côte, à quelques lieues [3], une barque brisée et les cadavres de trois des fugitifs, nus et décomposés déjà, parmi lesquels des témoins affirmèrent qu'ils reconnaissaient Damour. C'étaient la même taille et la même barbe. Après une enquête sommaire, les formalités eurent lieu, un acte de décès fut dressé, puis envoyé en France sur la demande de la veuve, que l'Administration avait avertie. Toute la presse s'occupa

1. ***Grâce*** : mesure de clémence du gouvernement ; ici, remise de la peine de Jacques Damour.
2. ***De loin en loin*** : par intervalles.
3. La lieue, ancienne mesure de distance, équivalait à environ quatre kilomètres.

de l'aventure, un récit très dramatique de l'évasion et de son dénouement tragique passa dans les journaux du monde entier.

Cependant, Damour vivait. On l'avait confondu avec un de ses compagnons, et cela d'une façon d'autant plus surprenante que les deux hommes ne se ressemblaient pas. Tous deux, simplement, portaient leur barbe longue. Damour et le quatrième évadé, qui avait survécu comme par miracle, se séparèrent, dès qu'ils furent arrivés sur une terre anglaise ; ils ne se revirent jamais, sans doute l'autre mourut de la fièvre jaune [1], qui faillit emporter Damour lui-même [2]. Sa première pensée avait été de prévenir Félicie par une lettre. Mais un journal étant tombé entre ses mains, il y trouva le récit de son évasion et la nouvelle de sa mort. Dès ce moment, une lettre lui parut imprudente ; on pouvait l'intercepter, la lire, arriver ainsi à la vérité. Ne valait-il pas mieux rester mort pour tout le monde ? Personne ne s'inquiéterait plus de lui, il rentrerait librement en France, où il attendrait l'amnistie [3] pour se faire reconnaître. Et ce fut alors qu'une terrible attaque de fièvre jaune le retint pendant des semaines, dans un hôpital perdu.

Lorsque Damour entra en convalescence, il éprouva une paresse invincible. Pendant plusieurs mois, il resta très faible encore et sans volonté. La fièvre l'avait comme vidé de tous ses désirs anciens. Il ne souhaitait rien, il se demandait à quoi bon. Les images de Félicie et de Louise s'étaient effacées. Il les voyait bien toujours, mais très loin, dans un brouillard, où il hésitait parfois à les reconnaître. Sans doute, dès qu'il serait fort, il partirait pour les rejoindre. Puis, quand il fut enfin debout, un autre plan l'occupa tout entier. Avant d'aller retrouver sa femme et sa fille, il rêva de gagner une fortune. Que ferait-il à Paris ? il crèverait

---

1. ***Fièvre jaune*** : nom courant d'une des formes du typhus, une maladie infectieuse grave.

2. Le récit de l'évasion de Jacques Damour s'inspire de celui de Florent dans *Le Ventre de Paris*.

3. ***Amnistie*** : décision politique prescrivant l'oubli officiel du délit commis et de ses conséquences pénales.

de faim, il serait obligé de se remettre à son étau, et peut-être même ne trouverait-il plus de travail, car il se sentait terriblement vieilli. Au contraire, s'il passait en Amérique, en quelques mois il amasserait une centaine de mille francs, chiffre modeste auquel il s'arrêtait, au milieu des histoires prodigieuses de millions dont bourdonnaient ses oreilles. Dans une mine d'or qu'on lui indiquait, tous les hommes, jusqu'aux plus humbles terrassiers, roulaient carrosse [1] au bout de six mois. Et il arrangeait déjà sa vie : il rentrait en France avec ses cent mille francs, achetait une petite maison du côté de Vincennes [2], vivait là de trois ou quatre mille francs de rente, entre Félicie et Louise, oublié, heureux, débarrassé de la politique. Un mois plus tard, Damour était en Amérique.

Alors, commença une existence trouble qui le roula au hasard, dans un flot d'aventures à la fois étranges et vulgaires. Il connut toutes les misères, il toucha à toutes les fortunes. Trois fois, il crut avoir enfin ses cent mille francs ; mais tout coulait entre ses doigts, on le volait, il se dépouillait lui-même dans un dernier effort. En somme, il souffrit, travailla beaucoup, et resta sans une chemise. Après des courses aux quatre points du monde, les événements le jetèrent en Angleterre. De là, il tomba à Bruxelles, à la frontière même de la France. Seulement, il ne songeait plus à y rentrer. Dès son arrivée en Amérique, il avait fini par écrire à Félicie. Trois lettres étant restées sans réponse, il en était réduit aux suppositions : ou l'on interceptait ses lettres, ou sa femme était morte, ou elle avait elle-même quitté Paris. À un an de distance, il fit encore une tentative inutile. Pour ne pas se vendre, si l'on ouvrait ses lettres, il écrivait sous un nom supposé, entretenant Félicie d'une affaire imaginaire, comptant bien qu'elle reconnaîtrait son écriture et qu'elle comprendrait. Ce grand silence avait comme endormi ses souvenirs. Il était mort, il n'avait personne au monde, plus rien n'importait. Pendant près d'un an, il travailla dans une mine de

1. ***Roulaient carrosse*** : vivaient dans l'aisance.
2. ***Vincennes*** : commune située au sud-est de Paris.

charbon, sous terre, ne voyant plus le soleil, absolument supprimé, mangeant et dormant, sans rien désirer au-delà.

Un soir, dans un cabaret, il entendit un homme dire que l'amnistie venait d'être votée[1] et que tous les communards rentraient. Cela l'éveilla. Il reçut une secousse, il éprouva un besoin de partir avec les autres, d'aller revoir là-bas la rue où il avait logé. Ce fut d'abord une simple poussée instinctive. Puis, dans le wagon qui le ramenait, sa tête travailla, il songea qu'il pouvait maintenant reprendre sa place au soleil, s'il parvenait à découvrir Félicie et Louise. Des espoirs lui remontaient au cœur ; il était libre, il les chercherait ouvertement ; et il finissait par croire qu'il allait les retrouver bien tranquilles, dans leur logement de la rue des Envierges, la nappe mise, comme si elles l'avaient attendu. Tout s'expliquerait, quelque malentendu très simple. Il irait à sa mairie, se nommerait, et le ménage recommencerait sa vie d'autrefois.

À Paris, la gare du Nord était pleine d'une foule tumultueuse. Des acclamations s'élevèrent, dès que les voyageurs parurent, un enthousiasme fou, des bras qui agitaient des chapeaux, des bouches ouvertes qui hurlaient un nom. Damour eut peur un instant : il ne comprenait pas, il s'imaginait que tout ce monde était venu là pour le huer au passage. Puis, il reconnut le nom qu'on acclamait, celui d'un membre de la Commune qui se trouvait justement dans le même train, un contumace[2] illustre auquel le peuple faisait une ovation. Damour le vit passer, très engraissé, l'œil humide, souriant, ému de cet accueil. Quand le héros fut monté dans un fiacre, la foule parla de dételer le cheval. On s'écrasait, le flot humain s'engouffra dans la rue La Fayette, une mer de têtes, au-dessus desquelles on aperçut longtemps le fiacre rouler lentement, comme un char de triomphe. Et Damour,

---

1. Ce vote eut lieu le 11 juillet 1880.

2. ***Un contumace*** : un accusé qui a refusé de se constituer prisonnier pour comparaître devant la cour d'assises après y avoir été renvoyé par la chambre d'accusation.

bousculé, écrasé, eut beaucoup de peine à gagner les boulevards extérieurs[1]. Personne ne faisait attention à lui. Toutes ses souffrances, Versailles, la traversée, Nouméa, lui revinrent, dans un hoquet d'amertume.

Mais, sur les boulevards extérieurs, un attendrissement le prit. Il oublia tout, il lui semblait qu'il venait de reporter du travail[2] dans Paris, et qu'il rentrait tranquillement rue des Envierges. Dix années de son existence se comblaient, si pleines et si confuses, qu'elles lui semblaient, derrière lui, n'être plus que le simple prolongement du trottoir. Pourtant, il éprouvait quelque étonnement, dans ces habitudes d'autrefois où il rentrait avec tant d'aisance. Les boulevards extérieurs devaient être plus larges ; il s'arrêta pour lire des enseignes, surpris de les voir là. Ce n'était pas la joie franche de poser le pied sur ce coin de terre regretté ; c'était un mélange de tendresse, où chantaient des refrains de romance, et d'inquiétude sourde, l'inquiétude de l'inconnu, devant ces vieilles choses connues qu'il retrouvait. Son trouble grandit encore, lorsqu'il approcha de la rue des Envierges. Il se sentait mollir, il avait des envies de ne pas aller plus loin, comme si une catastrophe l'attendait. Pourquoi revenir ? Qu'allait-il faire là ?

Enfin, rue des Envierges, il passa trois fois devant la maison, sans pouvoir entrer. En face, la boutique du charbonnier avait disparu ; c'était maintenant une boutique de fruitière ; et la femme qui était sur la porte lui sembla si bien portante, si carrément chez elle, qu'il n'osa pas l'interroger, comme il en avait eu l'idée d'abord. Il préféra risquer tout, en marchant droit à la loge de la concierge. Que de fois il avait ainsi tourné à gauche, au bout de l'allée, et frappé au petit carreau !

« Mme Damour, s'il vous plaît ?

– Connais pas… Nous n'avons pas ça ici. »

---

1. ***Boulevards extérieurs*** : boulevards qui suivent en grande partie les contours du Paris antérieur aux extensions opérées par Haussmann (1860).
2. ***Reporter du travail*** : faire la livraison d'un travail à un client.

Il était resté immobile. À la place de la concierge d'autrefois, une femme énorme, il avait devant lui une petite femme sèche, hargneuse, qui le regardait d'un air soupçonneux. Il reprit :

« Mme Damour demeurait au fond, il y a dix ans.

– Dix ans ! cria la concierge. Ah ! bien ! il a passé de l'eau sous les ponts !… Nous ne sommes ici que du mois de janvier.

– Mme Damour a peut-être laissé son adresse.

– Non. Connais pas. »

Et, comme il s'entêtait, elle se fâcha, elle menaça d'appeler son mari.

« Ah ! çà, finirez-vous de moucharder [1] dans la maison !… Il y a un tas de gens qui s'introduisent… »

Il rougit et se retira en balbutiant, honteux de son pantalon effiloqué [2] et de sa vieille blouse sale. Sur le trottoir, il s'en alla, la tête basse ; puis, il revint, car il ne pouvait se décider à partir ainsi. C'était comme un adieu éternel qui le déchirait. On aurait pitié de lui, on lui donnerait quelque renseignement. Et il levait les yeux, regardait les fenêtres, examinait les boutiques, cherchant à se reconnaître. Dans ces maisons pauvres où les congés [3] tombent dru comme grêle, dix années avaient suffi pour changer presque tous les locataires. D'ailleurs, une prudence lui restait, mêlée de honte, une sorte de sauvagerie effrayée, qui le faisait trembler à l'idée d'être reconnu. Comme il redescendait la rue, il aperçut enfin des figures de connaissance, la marchande de tabac, un épicier, une blanchisseuse, la boulangère où ils se fournissaient autrefois. Alors, pendant un quart d'heure, il hésita, se promena devant les boutiques, en se demandant dans laquelle il oserait entrer, pris d'une sueur, tellement il souffrait du combat qui se livrait en lui. Ce fut le cœur défaillant qu'il se décida pour la boulangère, une femme endormie, toujours blanche comme si elle sortait d'un sac de

1. ***Moucharder*** : espionner.

2. ***Effiloqué*** : frangé par l'usure.

3. ***Congés*** : départs des locataires dont le propriétaire refuse de prolonger le bail.

farine. Elle le regarda et ne bougea pas de son comptoir. Certainement, elle ne le reconnaissait pas, avec sa peau hâlée, son crâne nu, cuit par les grands soleils, sa longue barbe dure qui lui mangeait la moitié du visage. Cela lui rendit quelque hardiesse, et en payant un pain d'un sou, il se hasarda à demander :

« Est-ce que vous n'avez pas, parmi vos clientes, une femme avec une petite fille ?... Mme Damour ? »

La boulangère resta songeuse ; puis, de sa voix molle :

« Ah ! oui, autrefois, c'est possible... Mais il y a longtemps. Je ne sais plus... On voit tant de monde ! »

Il dut se contenter de cette réponse. Les jours suivants, il revint, plus hardi, questionnant les gens ; mais partout il trouva la même indifférence, le même oubli, avec des renseignements contradictoires qui l'égaraient davantage. En somme, il paraissait certain que Félicie avait quitté le quartier environ deux ans après son départ pour Nouméa, au moment même où il s'évadait. Et personne ne connaissait son adresse, les uns parlaient du Gros-Caillou, les autres de Bercy [1]. On ne se souvenait même plus de la petite Louise. C'était fini, il s'assit un soir sur un banc du boulevard extérieur et se mit à pleurer, en se disant qu'il ne chercherait pas davantage. Qu'allait-il devenir ? Paris lui semblait vide. Les quelques sous qui lui avaient permis de rentrer en France s'épuisaient. Un instant, il résolut de retourner en Belgique dans sa mine de charbon, où il faisait si noir et où il avait vécu sans un souvenir, heureux comme une bête, dans l'écrasement du sommeil de la terre. Pourtant, il resta, et il resta misérable, affamé, sans pouvoir se procurer du travail. Partout on le repoussait, on le trouvait trop vieux. Il n'avait que cinquante-cinq ans ; mais on lui en donnait soixante-dix, dans le décharnement de ses dix années de souffrance. Il rôdait comme un loup, il allait voir les chantiers des monuments brûlés par la Commune, cherchait les

1. ***Gros-Caillou*, *Bercy*** : quartiers de Paris situés sur la rive gauche de la Seine, l'un au niveau du pont des Invalides, l'autre à l'est.

besognes que l'on confie aux enfants et aux infirmes. Un tailleur de pierre qui travaillait à l'Hôtel de Ville promettait de lui faire avoir la garde de leurs outils ; mais cette promesse tardait à se réaliser, et il crevait de faim.

Un jour que, sur le pont Notre-Dame, il regardait couler l'eau avec le vertige des pauvres que le suicide attire, il s'arracha violemment du parapet et, dans ce mouvement, faillit renverser un passant, un grand gaillard en blouse blanche, qui se mit à l'injurier.

« Sacrée brute ! »

Mais Damour était demeuré béant, les yeux fixés sur l'homme.

« Berru ! » cria-t-il enfin.

C'était Berru en effet, Berru qui n'avait changé qu'à son avantage, la mine fleurie, l'air plus jeune. Depuis son retour, Damour avait souvent songé à lui ; mais où trouver le camarade qui déménageait de garni [1] tous les quinze jours ? Cependant le peintre écarquillait les yeux, et quand l'autre se fut nommé, la voix tremblante, il refusa de le croire.

« Pas possible ! Quelle blague ! »

Pourtant il finit par le reconnaître, avec des exclamations qui commençaient à ameuter le trottoir.

« Mais tu étais mort !... Tu sais, si je m'attendais à celle-là ! On ne se fiche pas du monde de la sorte... Voyons, voyons, est-ce bien vrai que tu es vivant ? »

Damour parlait bas, le suppliant de se taire. Berru, qui trouvait ça très farce [2] au fond, finit par le prendre sous le bras et l'emmena chez un marchand de vin de la rue Saint-Martin. Et il l'accablait de questions, il voulait savoir.

« Tout à l'heure, dit Damour, quand ils furent attablés dans un cabinet [3]. Avant tout, et ma femme ? »

Berru le regarda d'un air stupéfait.

---

1. *Garni* : pièce meublée en location.
2. *Farce* : amusant, cocasse.
3. *Cabinet* : pièce retirée chez le marchand de vin.

« Comment, ta femme ?

– Oui, où est-elle ? Sais-tu son adresse ? »

La stupéfaction du peintre augmentait. Il dit lentement :

« Sans doute, je sais son adresse… Mais toi tu ne sais donc pas l'histoire ?

– Quoi ? Quelle histoire ? »

Alors, Berru éclata.

« Ah ! celle-là est plus forte, par exemple ! Comment ! tu ne sais rien ?… Mais ta femme est remariée, mon vieux ! »

Damour, qui tenait son verre, le reposa sur la table, pris d'un tel tremblement, que le vin coulait entre ses doigts. Il les essuyait à sa blouse, et répétait d'une voix sourde :

« Qu'est-ce que tu dis ? remariée, remariée… Tu es sûr ?

– Parbleu ! tu étais mort, elle s'est remariée ; ça n'a rien d'étonnant… Seulement, c'est drôle, parce que voilà que tu ressuscites. »

Et, pendant que le pauvre homme restait pâle, les lèvres balbutiantes, le peintre lui donna des détails. Félicie, maintenant, était très heureuse. Elle avait épousé un boucher de la rue des Moines, aux Batignolles [1], un veuf dont elle conduisait joliment les affaires. Sagnard, le boucher s'appelait Sagnard [2], était un gros homme de soixante ans, mais parfaitement conservé. À l'angle de la rue Nollet, la boutique, une des mieux achalandées [3] du quartier, avait des grilles peintes en rouge, avec des têtes de bœuf dorées, aux deux coins de l'enseigne.

« Alors, qu'est-ce que tu vas faire ? » répétait Berru, après chaque détail.

---

1. ***Batignolles*** : quartier du nord-ouest de Paris (XVIIe arrondissement). La rue des Moines et, plus loin, la rue Nollet sont alors habitées par la petite bourgeoisie. Par son mariage avec le boucher, Félicie a changé de situation géographique mais aussi de statut social.

2. Zola aime les jeux onomastiques (portant sur les noms propres). De même que Saccard participe au « sac » de Paris dans *La Curée*, Sagnard « saigne » ici les bêtes dans sa boucherie aux « grilles rouges ».

3. ***Achalandées*** : qui ont de nombreux clients.

Le malheureux, que la description de la boutique étourdissait, répondait d'un geste vague de la main. Il fallait voir.

« Et Louise ? demanda-t-il tout d'un coup.

– La petite ? ah ! je ne sais pas… Ils l'auront mise quelque part pour s'en débarrasser, car je ne l'ai pas vue avec eux… C'est vrai, ça, ils pourraient toujours te rendre l'enfant, puisqu'ils n'en font rien. Seulement, qu'est-ce que tu deviendrais, avec une gaillarde de vingt ans, toi qui n'as pas l'air d'être à la noce ? Hein ? sans te blesser, on peut bien dire qu'on te donnerait deux sous dans la rue. »

Damour avait baissé la tête, étranglé, ne trouvant plus un mot. Berru commanda un second litre et voulut le consoler.

« Voyons, que diable ! puisque tu es en vie, rigole un peu. Tout n'est pas perdu, ça s'arrangera… Que vas-tu faire ? »

Et les deux hommes s'enfoncèrent dans une discussion interminable, où les mêmes arguments revenaient sans cesse. Ce que le peintre ne disait pas, c'était que, tout de suite après le départ du déporté, il avait tâché de se mettre avec Félicie, dont les fortes épaules le séduisaient. Aussi gardait-il contre elle une sourde rancune de ce qu'elle lui avait préféré le boucher Sagnard, à cause de sa fortune sans doute. Quand il eut fait venir un troisième litre, il cria :

« Moi, à ta place, j'irais chez eux, et je m'installerais, et je flanquerais le Sagnard à la porte, s'il m'embêtait… Tu es le maître, après tout. La loi est pour toi [1]. »

Peu à peu, Damour se grisait, le vin faisait monter des flammes à ses joues blêmes. Il répétait qu'il faudrait voir. Mais Berru le poussait toujours, lui tapait sur les épaules, en lui demandant s'il était un homme. Bien sûr qu'il était un homme ; et il l'avait tant

---

1. Berru qui, dix ans auparavant, professait la révolution et l'abolition du droit de propriété se montre ici bien légaliste ; c'est la preuve de son hypocrisie. Cette configuration impossible d'une femme et de deux maris peut rappeler, certes en des termes différents, le ménage à trois formé par Gervaise, Coupeau et Lantier dans *L'Assommoir* (1877).

aimée, cette femme ! Il l'aimait encore à mettre le feu à Paris, pour la ravoir. Eh bien ! alors, qu'est-ce qu'il attendait ? Puisqu'elle était à lui, il n'avait qu'à la reprendre. Les deux hommes, très gris, se parlaient violemment dans le nez.

« J'y vais ! dit tout d'un coup Damour en se mettant péniblement debout.

– À la bonne heure ! c'était trop lâche ! cria Berru. J'y vais avec toi. »

Et ils partirent pour les Batignolles.

III

Au coin de la rue des Moines et de la rue Nollet, la boutique, avec ses grilles rouges et ses têtes de bœuf dorées, avait un air riche. Des quartiers de bêtes pendaient sur des nappes blanches, tandis que des files de gigots, dans des cornets de papier à bordure de dentelle, comme des bouquets, faisaient des guirlandes. Il y avait des entassements de chair, sur les tables de marbre, des morceaux coupés et parés, le veau rose, le mouton pourpre, le bœuf écarlate, dans les marbrures de la graisse. Des bassins de cuivre, le fléau[1] d'une balance, les crochets d'un râtelier, luisaient. Et c'était une abondance, un épanouissement de santé dans la boutique claire, pavée de marbre, ouverte au grand jour, une bonne odeur de viande fraîche qui semblait mettre du sang aux joues de tous les gens de la maison.

Au fond, en plein dans le coup de clarté de la rue, Félicie occupait un haut comptoir, où des glaces la protégeaient des courants d'air. Là-dedans, dans les gais reflets, dans la lueur rose de la boutique, elle était très fraîche, de cette fraîcheur pleine et

1. ***Fléau*** : pièce rigide en équilibre sur laquelle reposent les plateaux d'une balance.

mûre des femmes qui ont dépassé la quarantaine. Propre, lisse de peau, avec ses bandeaux[1] noirs et son col blanc, elle avait la gravité souriante et affairée d'une bonne commerçante, qui, une plume à la main, l'autre main dans la monnaie du comptoir, représente l'honnêteté et la prospérité d'une maison. Des garçons coupaient, pesaient, criaient des chiffres ; des clientes défilaient devant la caisse ; et elle recevait leur argent, en échangeant d'une voix aimable les nouvelles du quartier[2]. Justement, une petite femme, au visage maladif, payait deux côtelettes, qu'elle regardait d'un œil dolent[3].

« Quinze sous, n'est-ce pas ? dit Félicie. Ça ne va donc pas mieux, madame Vernier ?

– Non, ça ne va pas mieux, toujours l'estomac. Je rejette tout ce que je prends. Enfin, le médecin dit qu'il me faut de la viande ; mais c'est si cher !… Vous savez que le charbonnier est mort.

– Pas possible !

– Lui, ce n'était pas l'estomac, c'était le ventre… Deux côtelettes, quinze sous ! La volaille est moins chère.

– Dame ! ce n'est pas notre faute, madame Vernier. Nous ne savons plus comment nous en tirer nous-mêmes… Qu'y a-t-il, Charles ? »

Tout en causant et en rendant la monnaie, elle avait l'œil à la boutique, et elle venait d'apercevoir un garçon qui causait avec deux hommes sur le trottoir. Comme le garçon ne l'entendait pas, elle éleva la voix davantage.

« Charles, que demande-t-on ? »

Mais elle n'attendit pas la réponse. Elle avait reconnu l'un des deux hommes qui entraient, celui qui marchait le premier.

« Ah ! c'est vous, monsieur Berru. »

---

1. ***Bandeaux*** : cheveux répartis de chaque côté de la raie et plaqués sur les tempes.

2. Il s'agit d'une transposition de la description de la charcuterie Quenu-Gradelle et du portrait de Lisa, la charcutière, dans *Le Ventre de Paris* (1873).

3. ***Dolent*** : souffrant, morne.

Et elle ne paraissait guère contente, les lèvres pincées dans une légère moue de mépris. Les deux hommes, de la rue Saint-Martin aux Batignolles, avaient fait plusieurs stations chez des marchands de vin, car la course était longue, et ils avaient la bouche sèche, causant très haut, discutant toujours. Aussi paraissaient-ils fortement allumés. Damour avait reçu un coup au cœur, sur le trottoir d'en face, lorsque Berru, d'un geste brusque, lui avait montré Félicie, si belle et si jeune, dans les glaces du comptoir[1] en disant : « Tiens ! la v'là ! » Ce n'était pas possible, ça devait être Louise qui ressemblait ainsi à sa mère ; car, pour sûr, Félicie était plus vieille. Et toute cette boutique riche, les viandes qui saignaient, les cuivres qui luisaient, puis cette femme bien mise, l'air bourgeois, la main dans un tas d'argent, lui enlevaient sa colère et son audace, en lui causant une véritable peur. Il avait une envie de se sauver à toutes jambes, pris de honte, pâlissant à l'idée d'entrer là-dedans. Jamais cette dame ne consentirait maintenant à le reprendre, lui qui avait une si fichue mine, avec sa grande barbe et sa blouse sale. Il tournait les talons, il allait enfiler la rue des Moines, pour qu'on ne l'aperçût même pas, lorsque Berru le retint.

« Tonnerre de Dieu ! tu n'as donc pas de sang dans les veines !… Ah bien ! à ta place, c'est moi qui ferais danser la bourgeoise ! Et je ne m'en irais pas sans partager ; oui, la moitié des gigots et du reste… Veux-tu bien marcher, poule mouillée ! »

Et il avait forcé Damour à traverser la rue. Puis, après avoir demandé à un garçon si M. Sagnard était là, et ayant appris que le boucher se trouvait à l'abattoir, il était entré le premier, pour brusquer les choses. Damour le suivait, étranglé, l'air imbécile.

« Qu'y a-t-il pour votre service, monsieur Berru ? reprit Félicie de sa voix peu engageante.

– Ce n'est pas moi, répondit le peintre, c'est le camarade qui a quelque chose à vous dire. »

1. Dans *Le Ventre de Paris*, l'image de Lisa est elle aussi démultipliée par les miroirs du magasin.

Il s'était effacé, et maintenant Damour se trouvait face à face avec Félicie. Elle le regardait ; lui, affreusement gêné, souffrant une torture, baissait les yeux. D'abord, elle eut sa moue de dégoût, son calme et heureux visage exprima une répulsion pour ce vieil ivrogne, ce misérable, qui sentait la pauvreté. Mais elle le regardait toujours ; et, brusquement, sans qu'elle eût échangé un mot avec lui, elle devint blanche, étouffant un cri, lâchant la monnaie qu'elle tenait, et dont on entendit le tintement clair dans le tiroir.

« Quoi donc ? vous êtes malade ? » demanda Mme Vernier, qui était restée curieusement.

Félicie eut un geste de la main, pour écarter tout le monde. Elle ne pouvait parler. D'un mouvement pénible, elle s'était mise debout et marchait vers la salle à manger, au fond de la boutique. Sans qu'elle leur eût dit de la suivre, les deux hommes disparurent derrière elle, Berru ricanant, Damour les yeux toujours fixés sur les dalles couvertes de sciure, comme s'il avait craint de tomber.

« Eh bien ! c'est drôle tout de même ! » murmura Mme Vernier, quand elle fut seule avec les garçons.

Ceux-ci s'étaient arrêtés de couper et de peser, échangeant des regards surpris. Mais ils ne voulurent pas se compromettre, et ils se remirent à la besogne, l'air indifférent, sans répondre à la cliente, qui s'en alla avec ses deux côtelettes sur la main, en les étudiant d'un regard maussade.

Dans la salle à manger, Félicie parut ne pas se trouver encore assez seule. Elle poussa une seconde porte et fit entrer les deux hommes dans sa chambre à coucher. C'était une chambre très soignée, close, silencieuse, avec des rideaux blancs au lit et à la fenêtre, une pendule dorée, des meubles d'acajou dont le vernis luisait, sans un grain de poussière. Félicie se laissa tomber dans un fauteuil de reps [1] bleu, et elle répétait ces mots :

« C'est vous… C'est vous… »

1. *Reps* : tissu d'ameublement.

Damour ne trouva pas une phrase. Il examinait la chambre, et il n'osait s'asseoir, parce que les chaises lui semblaient trop belles. Aussi fut-ce encore Berru qui commença.

« Oui, il y a quinze jours qu'il vous cherche... Alors il m'a rencontré, et je l'ai amené. »

Puis, comme s'il eût éprouvé le besoin de s'excuser auprès d'elle :

« Vous comprenez, je n'ai pu faire autrement. C'est un ancien camarade, et ça m'a retourné le cœur, quand je l'ai vu à ce point dans la crotte. »

Pourtant, Félicie se remettait un peu. Elle était la plus raisonnable, la mieux portante aussi. Quand elle n'étrangla plus, elle voulut sortir d'une situation intolérable et entama la terrible explication.

« Voyons, Jacques, que viens-tu demander ? »

Il ne répondit pas.

« C'est vrai, continua-t-elle, je me suis remariée. Mais il n'y a pas de ma faute, tu le sais. Je te croyais mort, et tu n'as rien fait pour me tirer d'erreur. »

Damour parla enfin.

« Si, je t'ai écrit.

– Je te jure que je n'ai pas reçu tes lettres. Tu me connais, tu sais que je n'ai jamais menti... Et, tiens ! j'ai l'acte ici, dans un tiroir. »

Elle ouvrit un secrétaire, en tira fiévreusement un papier et le donna à Damour, qui se mit à le lire d'un air hébété. C'était son acte de décès. Elle ajoutait :

« Alors, je me suis vue toute seule, j'ai cédé à l'offre d'un homme qui voulait me sortir de ma misère et de mes tourments... Voilà toute ma faute. Je me suis laissé tenter par l'idée d'être heureuse. Ce n'est pas un crime, n'est-ce pas ? »

Il l'écoutait, la tête basse, plus humble et plus gêné qu'elle-même. Pourtant il leva les yeux.

« Et ma fille ? » demanda-t-il.

Félicie s'était remise à trembler. Elle balbutia :

« Ta fille ?… Je ne sais pas, je ne l'ai plus.

– Comment ?

– Oui, je l'avais placée chez ma tante… Elle s'est sauvée, elle a mal tourné. »

Damour, un instant, resta muet, l'air très calme, comme s'il n'avait pas compris. Puis, brusquement, lui si embarrassé, donna un coup de poing sur la commode, d'une telle violence, qu'une boîte en coquillages dansa au milieu du marbre. Mais il n'eut pas le temps de parler, car deux enfants, un petit garçon de six ans et une fillette de quatre, venaient d'ouvrir la porte et de se jeter au cou de Félicie, avec toute une explosion de joie.

« Bonjour, petite mère, nous sommes allés au jardin, là-bas, au bout de la rue… Françoise a dit comme ça qu'il fallait rentrer… Oh ! si tu savais, il y a du sable, et il y a des poulets dans l'eau…

– C'est bien, laissez-moi », dit la mère rudement.

Et, appelant la bonne :

« Françoise, remmenez-les… C'est stupide, de rentrer à cette heure-ci. »

Les enfants se retirèrent, le cœur gros, tandis que la bonne, blessée du ton de Madame, se fâchait, en les poussant tous deux devant elle. Félicie avait eu la peur folle que Jacques ne volât les petits ; il pouvait les jeter sur son dos et se sauver. Berru, qu'on n'invitait point à s'asseoir, s'était allongé tranquillement dans le second fauteuil, après avoir murmuré à l'oreille de son ami :

« Les petits Sagnard… Hein ? ça pousse vite, la graine de mioches ! »

Quand la porte fut refermée, Damour donna un autre coup de poing sur la commode, en criant :

« Ce n'est pas tout ça, il me faut ma fille, et je viens pour te reprendre. »

Félicie était toute glacée.

« Assieds-toi et causons, dit-elle. Ça n'avancera à rien, de faire du bruit… Alors, tu viens me chercher ?

– Oui, tu vas me suivre et tout de suite… Je suis ton mari, le seul bon. Oh ! je connais mon droit… N'est-ce pas, Berru, que c'est mon droit ?… Allons, mets un bonnet, sois gentille, si tu ne veux pas que tout le monde connaisse nos affaires. »

Elle le regardait, et malgré elle son visage bouleversé disait qu'elle ne l'aimait plus, qu'il l'effrayait et la dégoûtait, avec sa vieillesse affreuse de misérable. Quoi ! elle si blanche, si dodue, accoutumée maintenant à toutes les douceurs bourgeoises, recommencerait sa vie rude et pauvre d'autrefois, en compagnie de cet homme qui lui semblait un spectre !

« Tu refuses, reprit Damour qui lisait sur son visage. Oh ! je comprends, tu es habituée à faire la dame dans un comptoir ; et moi, je n'ai pas de belle boutique, ni de tiroir plein de monnaie, où tu puisses tripoter à ton aise… Puis, il y a les petits de tout à l'heure, que tu m'as l'air de mieux garder que Louise. Quand on a perdu la fille, on se fiche bien du père !… Mais tout ça m'est égal. Je veux que tu viennes, et tu viendras, ou bien je vais aller chez le commissaire de police, pour qu'il te ramène chez moi avec les gendarmes… C'est mon droit, n'est-ce pas, Berru ? »

Le peintre appuya de la tête. Cette scène l'amusait beaucoup. Pourtant, quand il vit Damour furieux, grisé de ses propres phrases, et Félicie à bout de force, près de sangloter et de défaillir, il crut devoir jouer un beau rôle. Il intervint, en disant d'un ton sentencieux[1] :

« Oui, oui, c'est ton droit ; mais il faut voir, il faut réfléchir… Moi, je me suis toujours conduit proprement… Avant de rien décider, il serait convenable de causer avec M. Sagnard, et puisqu'il n'est pas là… »

Il s'interrompit, puis continua, la voix changée, tremblante d'une fausse émotion :

1. ***Ton sentencieux*** : ton ridiculement solennel, comme si Berru était un juge délivrant une sentence, un arbitrage officiel.

« Seulement, le camarade est pressé. C'est dur d'attendre, dans sa position… Ah ! madame, si vous saviez combien il a souffert ! Et, maintenant, pas un radis[1], il crève de faim, on le repousse de partout… Lorsque je l'ai rencontré tout à l'heure, il n'avait pas mangé depuis hier. »

Félicie, passant de la crainte à un brusque attendrissement, ne put retenir les larmes qui l'étouffaient. C'était une tristesse immense, le regret et le dégoût de la vie. Un cri lui échappa :

« Pardonne-moi, Jacques ! »

Et, quand elle put parler :

« Ce qui est fait est fait. Mais je ne veux pas que tu sois malheureux… Laisse-moi venir à ton aide. »

Damour eut un geste violent.

« Bien sûr, dit vivement Berru, la maison est assez pleine ici, pour que ta femme ne te laisse pas le ventre vide… Mettons que tu refuses l'argent, tu peux toujours accepter un cadeau. Quand vous ne lui donneriez qu'un pot-au-feu, il se ferait un peu de bouillon, n'est-ce pas, madame ?

– Oh ! tout ce qu'il voudra, monsieur Berru. »

Mais il se remit à taper sur la commode, criant :

« Merci, je ne mange pas de ce pain-là. »

Et, venant regarder sa femme dans les yeux :

« C'est toi seule que je veux, et je t'aurai… Garde ta viande ! »

Félicie avait reculé, reprise de répugnance et d'effroi. Damour alors devint terrible, parla de tout casser, s'emporta en accusations abominables. Il voulait l'adresse de sa fille, il secouait sa femme dans le fauteuil, en lui criant qu'elle avait vendu la petite ; et elle, sans se défendre, dans la stupeur de tout ce qui lui arrivait, répétait d'une voix lente qu'elle ne savait pas l'adresse, mais que pour sûr on l'aurait à la préfecture de police. Enfin, Damour, qui s'était installé sur une chaise, dont il jurait que le diable ne le

1. ***Pas un radis*** : pas un sou (familier).

ferait pas bouger, se leva brusquement ; et, après un dernier coup de poing, plus violent que les autres :

« Eh bien ! tonnerre de Dieu ! je m'en vais… Oui, je m'en vais, parce que ça me fait plaisir… Mais tu ne perdras pas pour attendre, je reviendrai quand ton homme sera là, et je vous arrangerai, lui, toi, les mioches, toute ta sacrée baraque… Attends-moi, tu verras ! »

Il sortit en la menaçant du poing. Au fond, il était soulagé d'en finir ainsi. Berru, resté en arrière, dit d'un ton conciliant, enchanté d'être dans ces histoires :

« N'ayez pas peur, je ne le quitte pas… Il faut éviter un malheur. »

Même il s'enhardit jusqu'à lui saisir la main et à la baiser. Elle le laissa faire, elle était rompue[1] ; si son mari l'avait prise par le bras, elle serait partie avec lui. Pourtant, elle écouta les pas des deux hommes qui traversaient la boutique. Un garçon, à grands coups de couperet, taillait un carré de mouton. Des voix criaient des chiffres. Alors, son instinct de bonne commerçante la ramena dans son comptoir, au milieu des glaces claires, très pâle, mais très calme, comme si rien ne s'était passé.

« Combien à recevoir ? demanda-t-elle.

– Sept francs cinquante, madame. »

Et elle rendit la monnaie.

IV

Le lendemain, Damour eut une chance : le tailleur de pierre le fit entrer comme gardien au chantier de l'Hôtel de Ville. Et il veilla ainsi sur le monument qu'il avait aidé à brûler, dix années plus tôt. C'était, en somme, un travail doux, une de ces besognes

1. ***Rompue*** : à bout de forces.

d'abrutissement qui engourdissent. La nuit, il rôdait au pied des échafaudages, écoutant les bruits, s'endormant parfois sur des sacs à plâtre. Il ne parlait plus de retourner aux Batignolles. Un jour pourtant, Berru étant venu lui payer à déjeuner, il avait crié au troisième litre que le grand coup était pour le lendemain. Le lendemain, il n'avait pas bougé du chantier. Et, dès lors, ce fut réglé, il ne s'emportait et ne réclamait ses droits que dans l'ivresse. Quand il était à jeun [1], il restait sombre, préoccupé et comme honteux. Le peintre avait fini par le plaisanter, en répétant qu'il n'était pas un homme. Mais lui, demeurait grave. Il murmurait :

« Faut les tuer alors !... J'attends que ça me dise. »

Un soir, il partit, alla jusqu'à la place Moncey [2] ; puis, après être resté une heure sur un banc, il redescendit à son chantier. Dans la journée, il croyait avoir vu passer sa fille devant l'Hôtel de Ville, étalée sur les coussins d'un landau [3] superbe. Berru lui offrait de faire des recherches, certain de trouver l'adresse de Louise, au bout de vingt-quatre heures. Mais il refusait. À quoi bon savoir ? Cependant, cette pensée que sa fille pouvait être la belle personne, si bien mise, qu'il avait entrevue, au trot de deux grands chevaux blancs, lui retournait le cœur. Sa tristesse en augmenta. Il acheta un couteau et le montra à son camarade, en disant que c'était pour saigner le boucher. La phrase lui plaisait, il la répétait continuellement, avec un rire de plaisanterie.

« Je saignerai le boucher... Chacun son tour, pas vrai ? »

Berru, alors, le tenait des heures entières chez un marchand de vin de la rue du Temple, pour le convaincre qu'on ne devait saigner personne. C'était bête, parce que d'abord on vous raccourcissait [4]. Et il lui prenait les mains, il exigeait de lui le serment de ne

---

1. ***Quand il était à jeun*** : quand il n'avait pas bu.

2. ***Place Moncey*** : cette place n'existe pas. Zola pense probablement à la place de Clichy, où trône la statue du maréchal Moncey (1754-1842), et qui est proche de la rue Nollet.

3. ***Landau*** : voiture à cheval décapotable.

4. ***On vous raccourcissait*** : on vous condamnait à être guillotiné (familier).

pas se coller sur le dos une vilaine affaire. Damour répétait avec un ricanement obstiné :

« Non, non, chacun son tour… Je saignerai le boucher. »

Les jours passaient, il ne le saignait pas.

Un événement se produisit, qui parut devoir hâter la catastrophe. On le renvoya du chantier, comme incapable : pendant une nuit d'orage, il s'était endormi et avait laissé voler une pelle. Dès lors, il recommença à crever la faim, se traînant par les rues, trop fier encore pour mendier, regardant avec des yeux luisants les boutiques des rôtisseurs. Mais la misère, au lieu de l'exciter, l'hébétait. Il pliait le dos, l'air enfoncé dans des réflexions tristes. On aurait dit qu'il n'osait plus se présenter aux Batignolles, maintenant qu'il n'avait pas à se mettre une blouse propre.

Aux Batignolles, Félicie vivait dans de continuelles alarmes. Le soir de la visite de Damour, elle n'avait pas voulu raconter l'histoire à Sagnard ; puis, le lendemain, tourmentée de son silence de la veille, elle s'était senti un remords et n'avait plus trouvé la force de parler. Aussi tremblait-elle toujours, croyant voir entrer son premier mari à chaque heure, s'imaginant des scènes atroces. Le pis était qu'on devait se douter de quelque chose dans la boutique, car les garçons ricanaient, et quand Mme Vernier, régulièrement, venait chercher ses deux côtelettes, elle avait une façon inquiétante de ramasser sa monnaie. Enfin, un soir, Félicie se jeta au cou de Sagnard, et lui avoua tout, en sanglotant. Elle répéta ce qu'elle avait dit à Damour : ce n'était pas sa faute, car lorsque les gens sont morts, ils ne devraient pas revenir. Sagnard, encore très vert [1] pour ses soixante ans, et qui était un brave homme, la consola. Mon Dieu ! ça n'avait rien de drôle, mais ça finirait par s'arranger. Est-ce que tout ne s'arrangerait pas ? Lui, en gaillard qui avait de l'argent et qui était carrément planté dans la vie, éprouvait surtout de la curiosité. On le verrait, ce revenant, on lui parlerait.

1. ***Vert*** : vaillant.

L'histoire l'intéressait, et cela au point que, huit jours plus tard, l'autre ne paraissant pas, il dit à sa femme :

« Eh bien ! quoi donc ? il nous lâche ?... Si tu savais son adresse, j'irais le trouver, moi. »

Puis, comme elle le suppliait de se tenir tranquille, il ajouta :

« Mais, ma bonne, c'est pour te rassurer... Je vois bien que tu te mines. Il faut en finir. »

Félicie maigrissait en effet, sous la menace du drame dont l'attente augmentait son angoisse. Un jour enfin, le boucher s'emportait contre un garçon qui avait oublié de changer l'eau d'une tête de veau, lorsqu'elle arriva, blême, balbutiant :

« Le voilà !

– Ah ! très bien ! dit Sagnard en se calmant tout de suite. Fais-le entrer dans la salle à manger. »

Et, sans se presser, se tournant vers le garçon :

« Lavez-la à grande eau, elle empoisonne. »

Il passa dans la salle à manger, où il trouva Damour et Berru. C'était un hasard, s'ils venaient ensemble. Berru avait rencontré Damour rue de Clichy [1] ; il ne le voyait plus autant, ennuyé de sa misère. Mais, quand il avait su que le camarade se rendait rue des Moines, il s'était emporté en reproches, car cette affaire était aussi la sienne. Aussi avait-il recommencé à le sermonner, criant qu'il l'empêcherait bien d'aller là-bas faire des bêtises ; et il barrait le trottoir, il voulait le forcer à lui remettre son couteau. Damour haussait les épaules, l'air entêté, ayant son idée qu'il ne disait point. À toutes les observations, il répondait :

« Viens, si tu veux, mais ne m'embête pas. »

Dans la salle à manger, Sagnard laissa les deux hommes debout. Félicie s'était sauvée dans sa chambre, en emportant les enfants ; et, derrière la porte fermée à double tour, elle restait assise, éperdue, elle serrait de ses bras les petits contre elle, comme pour les

1. ***Rue de Clichy*** : rue qui part de l'église de la Trinité (IXe arrondissement) et mène à la place de Clichy.

défendre et les garder. Cependant, l'oreille tendue et bourdonnante d'anxiété, elle n'entendait encore rien ; car les deux maris, dans la pièce voisine, éprouvaient un embarras et se regardaient en silence.

« Alors, c'est vous ? finit par demander Sagnard, pour dire quelque chose.

– Oui, c'est moi », répondit Damour.

Il trouvait Sagnard très bien et se sentait diminué. Le boucher ne paraissait guère plus de cinquante ans ; c'était un bel homme, à figure fraîche, les cheveux coupés ras et sans barbe. En manches de chemise, enveloppé d'un grand tablier blanc, d'un éclat de neige, il avait un air de gaieté et de jeunesse.

« C'est que, reprit Damour hésitant, ce n'est pas à vous que je veux parler, c'est à Félicie. »

Alors, Sagnard retrouva tout son aplomb.

« Voyons, mon camarade, expliquons-nous. Que diable ! nous n'avons rien à nous reprocher ni l'un ni l'autre. Pourquoi se dévorer, lorsqu'il n'y a de la faute de personne ? »

Damour, la tête baissée, regardait obstinément un des pieds de la table. Il murmura d'une voix sourde :

« Je ne vous en veux pas, laissez-moi tranquille, allez-vous-en… C'est à Félicie que je désire parler.

– Pour ça, non, vous ne lui parlerez pas, dit tranquillement le boucher. Je n'ai pas envie que vous me la rendiez malade, comme l'autre fois. Nous pouvons causer sans elle… D'ailleurs, si vous êtes raisonnable, tout ira bien. Puisque vous dites l'aimer encore, voyez la position, réfléchissez, et agissez pour son bonheur à elle.

– Taisez-vous ! interrompit l'autre, pris d'une rage brusque. Ne vous occupez de rien ou ça va mal tourner ! »

Berru, s'imaginant qu'il allait tirer son couteau de sa poche, se jeta entre les deux hommes, en faisant du zèle. Mais Damour le repoussa.

« Fiche-moi la paix, toi aussi !… De quoi as-tu peur ? Tu es idiot !

– Du calme ! répétait Sagnard. Quand on est en colère, on ne sait plus ce qu'on fait… Écoutez, si j'appelle Félicie, promettez-moi d'être sage, parce qu'elle est très sensible, vous le savez comme moi. Nous ne voulons la tuer ni l'un ni l'autre, n'est-ce pas ?… Vous conduirez-vous bien ?

– Eh ! si j'étais venu pour mal me conduire, j'aurais commencé par vous étrangler, avec toutes vos phrases ! »

Il dit cela d'un ton si profond et si douloureux, que le boucher en parut très frappé.

« Alors, déclara-t-il, je vais appeler Félicie… Oh ! moi, je suis très juste, je comprends que vous vouliez discuter la chose avec elle. C'est votre droit. »

Il marcha vers la porte de la chambre, et frappa.

« Félicie ! Félicie ! »

Puis, comme rien ne bougeait, comme Félicie, glacée à l'idée de cette entrevue, restait clouée sur sa chaise, en serrant plus fort ses enfants contre sa poitrine, il finit par s'impatienter.

« Félicie, viens donc… C'est bête, ce que tu fais là. Il promet d'être raisonnable. »

Enfin, la clé tourna dans la serrure, elle parut et referma soigneusement la porte, pour laisser ses enfants à l'abri. Il y eut un nouveau silence, plein d'embarras. C'était le coup de chien [1], ainsi que le disait Berru.

Damour parla en phrases lentes qui se brouillaient, tandis que Sagnard, debout devant la fenêtre, soulevant du doigt un des petits rideaux blancs, affectait de regarder dehors, afin de bien montrer qu'il était large en affaires.

« Écoute, Félicie, tu sais que je n'ai jamais été méchant. Ça, tu peux le dire… Eh bien ! ce n'est pas aujourd'hui que je commencerai à l'être. D'abord, j'ai voulu vous massacrer tous ici. Puis, je me suis demandé à quoi ça m'avancerait… J'aime mieux te laisser

1. ***Coup de chien*** : mauvais coup. En voyant Félicie, la détermination de Damour faiblit.

maîtresse de choisir. Nous ferons ce que tu voudras. Oui, puisque les tribunaux ne peuvent rien pour nous avec leur justice, c'est toi qui décideras ce qui te plaît le mieux. Réponds... Avec lequel veux-tu aller, Félicie ? »

Mais elle ne put répondre. L'émotion l'étranglait.

« C'est bien, reprit Damour de la même voix sourde, je comprends, c'est avec lui que tu vas... En venant ici, je savais comment ça tournerait... Et je ne t'en veux point, je te donne raison, après tout. Moi, je suis fini, je n'ai rien, enfin tu ne m'aimes plus ; tandis que lui, il te rend heureuse, sans compter qu'il y a encore les deux petits... »

Félicie pleurait, bouleversée.

« Tu as tort de pleurer, ce ne sont pas des reproches. Les choses ont tourné comme ça, voilà tout... Et, alors, j'ai eu l'idée de te voir encore une fois, pour te dire que tu pouvais dormir tranquille. Maintenant que tu as choisi, je ne te tourmenterai plus... C'est fait, tu n'entendras jamais parler de moi. »

Il se dirigeait vers la porte, mais Sagnard, très remué, l'arrêta en criant :

« Ah ! vous êtes un brave homme, vous, par exemple !... Ce n'est pas possible qu'on se quitte comme ça. Vous allez dîner avec nous.

– Non, merci », répondit Damour.

Berru, surpris, trouvant que ça finissait drôlement, parut tout à fait scandalisé, quand le camarade refusa l'invitation.

« Au moins, nous boirons un coup, reprit le boucher. Vous voulez bien accepter un verre de vin chez nous, que diable ? »

Damour n'accepta pas tout de suite. Il promena un lent regard autour de la salle à manger, propre et gaie avec ses meubles de chêne blanc ; puis, les yeux arrêtés sur Félicie qui le suppliait de son visage baigné de larmes, il dit :

« Oui, tout de même. »

Alors, Sagnard fut enchanté. Il criait :

« Vite, Félicie, des verres ! Nous n'avons pas besoin de la bonne… Quatre verres. Il faut que tu trinques, toi aussi… Ah ! mon camarade, vous êtes bien gentil d'accepter, vous ne savez pas le plaisir que vous me faites, car moi j'aime les bons cœurs ; et vous êtes un bon cœur, vous, j'en réponds ! »

Cependant, Félicie, les mains nerveuses, cherchait des verres et un litre dans le buffet. Elle avait la tête perdue, elle ne trouvait plus rien. Il fallut que Sagnard l'aidât. Puis, quand les verres furent pleins, la société autour de la table trinqua.

« À la vôtre ! »

Damour, en face de Félicie, dut allonger le bras pour toucher son verre. Tous deux se regardaient, muets, le passé dans les yeux. Elle tremblait tellement, qu'on entendit le cristal tinter, avec le petit claquement de dents des grosses fièvres. Ils ne se tutoyaient plus, ils étaient comme morts, ne vivant désormais que dans le souvenir.

« À la vôtre ! »

Et, pendant qu'ils buvaient tous les quatre, les voix des enfants vinrent de la pièce voisine, au milieu du grand silence. Ils s'étaient mis à jouer, ils se poursuivaient, avec des cris et des rires. Puis, ils tapèrent à la porte, ils appelèrent : « Maman ! Maman ! »

« Voilà ! adieu tout le monde ! » dit Damour, en reposant le verre sur la table.

Il s'en alla. Félicie, toute droite, toute pâle, le regarda partir, pendant que Sagnard accompagnait poliment ces messieurs jusqu'à la porte.

V

Dans la rue, Damour se mit à marcher si vite, que Berru avait de la peine à le suivre. Le peintre enrageait. Au boulevard des Batignolles, quand il vit son compagnon, les jambes cassées, se laisser tomber sur un banc et rester là, les joues blanches, les yeux fixes, il lâcha tout ce qu'il avait sur le cœur. Lui, aurait au moins giflé le bourgeois et la bourgeoise[1]. Ça le révoltait, de voir un mari céder ainsi sa femme à un autre, sans faire seulement des réserves. Il fallait être joliment godiche ; oui, godiche, pour ne pas dire un autre mot ! Et il citait un exemple, un autre communard qui avait trouvé sa femme collée[2] avec un particulier ; eh bien ! les deux hommes et la femme vivaient ensemble, très d'accord. On s'arrange, on ne se laisse pas dindonner, car enfin c'était lui le dindon[3], dans tout cela !

« Tu ne comprends pas, répondait Damour. Va-t'en aussi, puisque tu n'es pas mon ami.

– Moi, pas ton ami ! quand je me suis mis en quatre !… Raisonne donc un peu. Que vas-tu devenir ? Tu n'as personne, te voilà sur le pavé ainsi qu'un chien, et tu crèveras, si je ne te tire d'affaire… Pas ton ami ! mais si je t'abandonne là, tu n'as plus qu'à mettre la tête sous ta patte, comme les poules qui ont assez de l'existence. »

Damour eut un geste désespéré. C'était vrai, il ne lui restait qu'à se jeter à l'eau ou à se faire ramasser par les agents.

« Eh bien ! continua le peintre, je suis tellement ton ami, que je vais te conduire chez quelqu'un où tu auras la niche et la pâtée. »

Et il se leva, comme pris d'une résolution subite. Puis, il emmena de force son compagnon, qui balbutiait :

« Où donc ? Où donc ?

– Tu le verras… Puisque tu n'as pas voulu dîner chez ta femme, tu dîneras ailleurs… Mets-toi bien dans la caboche que je ne te laisserai pas faire deux bêtises en un jour. »

---

1. ***Le bourgeois et la bourgeoise*** : le mari et la femme (argot).
2. ***Collée*** : en ménage sans être mariée (familier). Le « collage » est un terme courant au XIXe siècle pour désigner le concubinage.
3. ***Dindon*** : victime, dupe (figuré et familier) ; « se laisser dindonner » signifie donc « se faire berner ».

Il marchait vivement, descendant la rue d'Amsterdam [1]. Rue de Berlin [2], il s'arrêta devant un petit hôtel, sonna et demanda au valet de pied qui vint ouvrir, si Mme de Souvigny était chez elle. Et, comme le valet hésitait, il ajouta :

« Allez lui dire que c'est Berru. »

Damour le suivait machinalement. Cette visite inattendue, cet hôtel luxueux achevaient de lui troubler la tête. Il monta. Puis, tout à coup, il se trouva dans les bras d'une petite femme blonde, très jolie, à peine vêtue d'un peignoir de dentelle. Et elle criait :

« Papa, c'est papa !... Ah ! que vous êtes gentil de l'avoir décidé ! »

Elle était bonne fille, elle ne s'inquiétait point de la blouse noire du vieil homme, enchantée, battant des mains, dans une crise soudaine de tendresse filiale. Son père, saisi, ne la reconnaissait même pas.

« Mais c'est Louise ! » dit Berru.

Alors, il balbutia :

« Ah ! oui... Vous êtes trop aimable... »

Il n'osait la tutoyer. Louise le fit asseoir sur un canapé, puis elle sonna pour défendre sa porte. Lui, pendant ce temps, regardait la pièce tendue de cachemire, meublée avec une richesse délicate qui l'attendrissait. Et Berru triomphait, lui tapait sur l'épaule, en répétant :

« Hein ? diras-tu encore que je ne suis pas un ami ?... Je savais bien, moi, que tu aurais besoin de ta fille. Alors, je me suis procuré son adresse et je suis venu lui conter ton histoire. Tout de suite, elle m'a dit : "Amenez-le !"

---

1. ***Rue d'Amsterdam*** : rue qui part de la place de Clichy et se termine gare Saint-Lazare (IXe arrondissement).

2. ***Rue de Berlin*** : rue qui fut rebaptisée rue de Liège en 1914. Située dans le VIIIe arrondissement, elle est habitée par la moyenne et la haute bourgeoisie. Le déplacement géographique de Jacques Damour correspond ici encore à la découverte d'une nouvelle « couche » sociale.

– Mais sans doute, ce pauvre père ! murmura Louise d'une voix câline. Oh ! tu sais, je l'ai en horreur, ta république ! Tous des sales gens, les communards, et qui ruineraient le monde, si on les laissait faire !... Mais toi, tu es mon cher papa. Je me souviens comme tu étais bon, quand j'étais malade, toute petite. Tu verras, nous nous entendrons très bien, pourvu que nous ne parlions jamais politique... D'abord, nous allons dîner tous les trois. Ah ! que c'est gentil ! »

Elle s'était assise presque sur les genoux de l'ouvrier, riant de ses yeux clairs, ses fins cheveux pâles envolés autour des oreilles. Lui, sans force, se sentait envahi par un bien-être délicieux. Il aurait voulu refuser, parce que cela ne lui paraissait pas honnête, de s'attabler dans cette maison. Mais il ne retrouvait plus son énergie de tout à l'heure, lorsqu'il était parti de chez la bouchère, sans même retourner la tête, après avoir trinqué une dernière fois. Sa fille était trop douce, et ses petites mains blanches, posées sur les siennes, l'attachaient.

« Voyons, tu acceptes ? répétait Louise.

– Oui », dit-il enfin, pendant que deux larmes coulaient sur ses joues creusées par la misère.

Berru le trouva très raisonnable. Comme on passait dans la salle à manger, un valet vint prévenir Madame que Monsieur était là.

« Je ne puis le recevoir, répondit-elle tranquillement. Dites-lui que je suis avec mon père... Demain à six heures, s'il veut. »

Le dîner fut charmant. Berru l'égaya par toutes sortes de mots drôles, dont Louise riait aux larmes. Elle se retrouvait rue des Envierges, et c'était un régal. Damour mangeait beaucoup, alourdi de fatigue et de nourriture ; mais il avait un sourire d'une tendresse exquise, chaque fois que le regard de sa fille rencontrait le sien. Au dessert, ils burent un vin sucré et mousseux comme du champagne, qui les grisa tous les trois. Alors, quand les domestiques ne furent plus là, les coudes posés sur la table, ils parlèrent du passé, avec la mélancolie de leur ivresse. Berru avait roulé une cigarette, que Louise fumait[1], les yeux demi-clos, le visage noyé. Elle s'embrouillait dans ses souvenirs, en venait à parler de ses amants, du premier, un grand jeune homme qui avait très bien fait les choses. Puis, elle laissa échapper sur sa mère des jugements pleins de sévérité.

« Tu comprends, dit-elle à son père, je ne peux plus la voir, elle se conduit trop mal… Si tu veux, j'irai lui dire ce que je pense de la façon malpropre dont elle t'a lâché. »

Mais Damour, gravement, déclara qu'elle n'existait plus. Tout à coup, Louise se leva, en criant :

« À propos, je vais te montrer quelque chose qui te fera plaisir. »

Elle disparut, revint aussitôt, sa cigarette toujours aux lèvres, et elle remit à son père une vieille photographie jaunie, cassée aux angles. Ce fut une secousse pour l'ouvrier, qui, fixant ses yeux troubles sur le portrait, bégaya :

« Eugène, mon pauvre Eugène. »

Il passa la carte à Berru, et celui-ci, pris d'émotion, murmura de son côté :

« C'est bien ressemblant. »

Puis, ce fut le tour de Louise. Elle garda la photographie un instant ; mais des larmes l'étouffèrent, elle la rendit en disant :

« Oh ! je me le rappelle… Il était si gentil ! »

Tous les trois, cédant à leur attendrissement, pleurèrent ensemble. Deux fois encore, le portrait fit le tour de la table, au milieu des réflexions les plus touchantes. L'air l'avait beaucoup pâli : le pauvre Eugène, vêtu de son uniforme de garde national, semblait une ombre d'émeutier, perdu dans la légende. Mais, ayant retourné la carte, le père lut ce qu'il avait écrit là, autrefois : « Je te vengerai » ; et, agitant un couteau à dessert au-dessus de sa tête, il refit son serment :

1. À lui seul, cet indice suffit à montrer que Louise est une fille de mauvaise vie. Elle rappelle Nana, la fille de Gervaise, qui devient elle aussi une fille de joie, une « cocotte » (*Nana*, 1879).

« Oui, oui, je te vengerai !

– Quand j'ai vu que maman tournait mal, raconta Louise, je n'ai pas voulu lui laisser le portrait de mon pauvre frère. Un soir, je le lui ai chipé… C'est pour toi, papa. Je te le donne. »

Damour avait posé la photographie contre son verre, et il la regardait toujours. Cependant, on finit par causer raison. Louise, le cœur sur la main, voulait tirer son père d'embarras. Un instant, elle parla de le prendre avec elle ; mais ce n'était guère possible. Enfin, elle eut une idée : elle lui demanda s'il consentirait à garder une propriété, qu'un monsieur venait de lui acheter, près de Mantes[1]. Il y avait là un pavillon, où il vivrait très bien, avec deux cents francs par mois.

« Comment donc ! mais c'est le paradis ! cria Berru qui acceptait pour son camarade. S'il s'ennuie, j'irai le voir. »

La semaine suivante, Damour était installé au Bel-Air, la propriété de sa fille, et c'est là qu'il vit maintenant, dans un repos que la Providence[2] lui devait bien, après tous les malheurs dont elle l'a accablé. Il engraisse, il refleurit, bourgeoisement vêtu, ayant la mine bon enfant et honnête d'un ancien militaire. Les paysans le saluent très bas. Lui, chasse et pêche à la ligne. On le rencontre au soleil, dans les chemins, regardant pousser les blés, avec la conscience tranquille d'un homme qui n'a volé personne et qui mange des rentes rudement gagnées. Lorsque sa fille vient avec des messieurs, il sait garder son rang. Ses grandes joies sont les jours où elle s'échappe et où ils déjeunent ensemble, dans le petit pavillon. Alors, il lui parle avec des bégaiements de nourrice, il regarde ses toilettes d'un air

1. ***Mantes*** : commune située à l'ouest de Paris. De nombreux Parisiens riches y possédaient une villégiature. Zola lui-même fut propriétaire d'une maison dans la région, à Médan, à partir de 1878.

2. ***La Providence*** : terme religieux, désignant le gouvernement de Dieu. L'ancien communard, invoquant le destin, a donc abandonné ses pratiques révolutionnaires. Il n'est plus question pour lui de changer le cours de l'histoire, si ce n'est peut-être encore à travers des paroles vaines.

d'adoration ; et ce sont des déjeuners délicats, toutes sortes de bonnes choses qu'il fait cuire lui-même, sans compter le dessert, des gâteaux et des bonbons, que Louise apporte dans ses poches.

Damour n'a jamais cherché à revoir sa femme. Il n'a plus que sa fille, qui a eu pitié de son vieux père, et qui fait son orgueil et sa joie. Du reste, il s'est également refusé à tenter la moindre démarche pour rétablir son état civil. À quoi bon déranger les écritures du gouvernement ? Cela augmente la tranquillité autour de lui. Il est dans son trou, perdu, oublié, n'étant personne, ne rougissant pas des cadeaux de son enfant ; tandis que, si on le ressuscitait, peut-être bien que des envieux parleraient mal de sa situation, et que lui-même finirait par en souffrir.

Parfois, pourtant, on mène grand tapage dans le pavillon. C'est Berru qui vient passer des quatre et cinq jours à la campagne. Il a enfin trouvé, chez Damour, le coin qu'il rêvait pour se goberger[1]. Il chasse, il pêche avec son ami ; il vit des journées sur le dos, au bord de la rivière. Puis, le soir, les deux camarades causent politique. Berru apporte de Paris les journaux anarchistes[2] ; et, après les avoir lus, tous deux s'entendent sur les mesures radicales qu'il y aurait à prendre : fusiller le gouvernement, pendre les bourgeois, brûler Paris pour rebâtir une autre ville, la vraie ville du peuple. Ils en sont toujours au bonheur universel, obtenu par une extermination générale. Enfin, au moment de monter se coucher, Damour, qui a fait encadrer la photographie d'Eugène, s'approche, la regarde, brandit sa pipe en criant :

---

1. ***Se goberger*** : prendre ses aises, bien manger, bien vivre.

2. ***Anarchistes*** : qui expriment une révolte contre toutes les formes d'autorité – patronale, étatique, religieuse. Le retour des proscrits de la Commune en 1880 donna une nouvelle impulsion aux mouvements contestataires ouvriers et, notamment, à l'anarchisme. Cette conception de la société se diffuse par l'intermédiaire de journaux comme *Le Libertaire*, *Les Temps nouveaux*, ou *L'Anarchie*.

« Oui, oui, je te vengerai ! »

Et, le lendemain, le dos rond, la face reposée, il retourne à la pêche, tandis que Berru, allongé sur la berge, dort le nez dans l'herbe.

Huysmans

La Retraite de M. Bougran

(1888)

■ J.-K. Huysmans (1848-1907).

I

M. Bougran[1] regardait accablé les fleurs inexactes du tapis.

« Oui, poursuivit, d'un ton paterne[2], le chef de bureau M. Devin, oui, mon cher collaborateur, je vous ai très énergiquement défendu, j'ai tâché de faire revenir le bureau du personnel sur sa décision, mes efforts ont échoué ; vous êtes, à partir du mois prochain, mis à la retraite pour infirmités résultant de l'exercice de vos fonctions.

– Mais je n'ai pas d'infirmités, je suis valide !

– Sans doute, mais je n'apprendrai rien à un homme qui possède aussi bien que vous la législation sur cette matière ; la loi du 9 juin 1853[3] sur les pensions civiles permet, vous le savez… cette interprétation ; le décret du 9 novembre de la même année, qui porte règlement d'administration publique pour l'exécution de ladite loi, dispose dans l'un de ses articles…

– L'article 30, soupira M. Bougran.

---

1. Le personnage porte le nom d'une toile forte, le bougran, que les tailleurs glissent entre la doublure et le tissu, pour donner une meilleure tenue au vêtement. La raideur de la matière n'est pas sans rappeler la raideur intellectuelle du fonctionnaire.

2. ***Ton paterne*** : ton qui affecte la bonhomie et la bienveillance.

3. ***Loi du 9 juin 1853*** : loi sur les retraites des fonctionnaires. Le droit à la pension est acquis à soixante ans pour tous les fonctionnaires, après trente ans de services accomplis.

– … J'allais le dire… que les employés de l'État pourront être mis à la retraite, avant l'âge[1], pour cause d'invalidité morale, inappréciable aux hommes de l'art[2]. »

M. Bougran n'écoutait plus. D'un œil de bête assommée il scrutait ce cabinet de chef de bureau où il pénétrait d'habitude sur la pointe des pieds, comme dans une chapelle, avec respect. Cette pièce sèche et froide, mais familière, lui semblait devenue soudain maussade et bouffie, hostile, avec son papier d'un vert mat à raies veloutées, ses bibliothèques vitrées peintes en chêne et pleines de bulletins des lois, de « recueils des actes administratifs », conservés dans ces reliures spéciales aux ministères, des reliures en veau jaspé[3], avec plats[4] en papier couleur bois et tranches[5] jaunes, sa cheminée ornée d'une pendule-borne[6], de deux flambeaux Empire[7], son canapé de crin[8], son tapis à roses en formes de choux, sa table en acajou encombrée de paperasses et de livres et sur laquelle posait un macaron hérissé d'amandes[9] pour sonner les gens, ses fauteuils aux ressorts chagrins, son

---

1. La loi prévoit en effet la possibilité pour un fonctionnaire de faire valoir, avant l'heure, ses droits à la retraite si, blessé dans l'exercice de sa fonction, il ne peut plus l'assurer.

2. ***Hommes de l'art*** : médecins. La blessure de M. Bougran est « morale », donc physiologiquement indécelable.

3. ***Jaspé*** : qui rappelle les bigarrures du jaspe, une roche multicolore.

4. ***Plats*** : chacun des deux côtés de la reliure d'un livre.

5. ***Tranches*** : ensemble des bords des feuillets d'un livre qui sont rognés, tranchés pour présenter une surface unie. Les livres peuvent être « dorés sur tranche ».

6. ***Pendule-borne*** : pendule dans un coffrage parallélépipédique, au toit parfois arrondi, qui ressemble à une borne.

7. ***Flambeaux Empire*** : chandeliers datant du premier Empire ou de style Empire.

8. ***Canapé de crin*** : canapé dont le revêtement est tissé avec du crin de cheval.

9. ***Macaron hérissé d'amandes*** : métaphore pâtissière pour désigner une sonnette à plusieurs boutons.

siège de bureau à la canne[1] creusée aux bras, par l'usage, en demi-lune.

Ennuyé de cette scène, M. Devin[2] se leva et se posa, le dos contre la cheminée, dont il éventa, avec les basques[3] de son habit, les cendres.

M. Bougran revint à lui et, d'une voix éteinte, demanda :

« Mon successeur est-il désigné, afin que je puisse le mettre au courant, avant mon départ ?

– Pas que je sache ; je vous serai donc obligé de continuer jusqu'à nouvel ordre votre service. »

Et, pour hâter le départ, M. Devin quitta la cheminée, s'avança doucement vers son employé qui recula vers la porte ; là, M. Devin l'assura de ses profonds regrets, de sa parfaite estime.

M. Bougran rentra dans sa pièce et s'affaissa, anéanti, sur une chaise. Puis il eut l'impression d'un homme qu'on étrangle ; il mit son chapeau et sortit pour respirer un peu d'air. Il marchait dans les rues, et, sans même savoir où il était, il finit par échouer sur un banc, dans un square.

Ainsi, c'était vrai ; il était mis à la retraite à cinquante ans ! lui qui s'était dévoué jusqu'à sacrifier ses dimanches, ses jours de fête pour que le travail dont il était chargé ne se ralentît point. Et voilà la reconnaissance qu'on avait de son zèle ! Il eut un moment de colère, rêva d'intenter un recours devant le Conseil d'État[4], puis, dégrisé, se dit : je perdrai ma cause et cela me coûtera cher. Lentement, posément, il repassa dans sa tête les articles de cette loi ; il

---

1. ***Canne*** (ou cannage) : partie du siège faite à partir d'un tressage de brins de jonc ou de rotin.

2. Ici aussi l'écrivain joue sur l'onomastique. M. Devin est celui par qui Bougran apprend la suite de son destin.

3. ***Basques*** : pans d'une veste qui partent de la taille et descendent plus ou moins bas sur les hanches.

4. ***Conseil d'État*** : tribunal administratif suprême, garant des droits et des libertés fondamentales.

scrutait les routes de cette prose, tâtait ses passerelles jetées entre chaque article ; au premier abord ces voies semblaient sans danger, bien éclairées et droites, puis, peu à peu, elles se ramifiaient, aboutissaient à des tournants obscurs, à de noires impasses où l'on se cassait subitement les reins.

Oui, le législateur de 1853 a partout ouvert dans un texte indulgent des chausse-trapes[1] ; il a tout prévu, conclut-il ; le cas de la suppression d'emploi qui est un des plus usités pour se débarrasser des gens ; on supprime l'emploi du titulaire, puis on rétablit l'emploi quelques jours après, sous un autre nom, et le tour est joué. Il y a encore les infirmités physiques contractées dans l'exercice des fonctions et vérifiées par la complaisance pressée des médecins ; il y a, enfin – le mode le plus simple, en somme – la soi-disant invalidité morale, pour laquelle il n'est besoin de recourir à aucun praticien, puisqu'un simple rapport, signé par votre directeur et approuvé par la direction du personnel, suffit.

C'est le système le plus humiliant. Être déclaré gâteux ! c'est un peu fort, gémissait M. Bougran.

Puis il réfléchissait. Le ministre avait sans doute un favori à placer, car les employés ayant réellement droit à leur retraite se faisaient rares. Depuis des années, l'on avait pratiqué de larges coupes dans les bureaux, renouvelant tout un vieux personnel dont il était l'un des derniers débris. Et M. Bougran hochait la tête.

De mon temps, disait-il, nous étions consciencieux et remplis de zèle : maintenant tous ces petits jeunes gens, recrutés on ne sait où, n'ont plus la foi. Ils ne creusent aucune affaire, n'étudient à fond aucun texte. Ils ne songent qu'à s'échapper du bureau, bâclent leur travail, n'ont aucun souci de cette langue administrative que les anciens maniaient avec tant d'aisance ; tous écrivent comme s'ils écrivaient leurs propres lettres ! Les chefs mêmes,

1. ***Chausse-trapes*** : pièges, embûches.

racolés[1] pour la plupart au-dehors, laissés pour compte par des séries de ministres tombés du pouvoir, n'ont plus cette tenue, tout à la fois amicale et hautaine, qui les distinguait autrefois des gens du commun ; et, oubliant sa propre mésaventure, en une respectueuse vision, il évoqua l'un de ses anciens chefs, M. Desrots des Bois, serré dans sa redingote, la boutonnière couverte, comme par le disque d'arrêt des trains, par un énorme rond rouge[2], le crâne chauve ceint d'un duvet de poule, aux tempes, descendant droit, sans regarder personne, un portefeuille[3] sous le bras, chez le directeur.

Toutes les têtes s'inclinaient sur son passage. Les employés pouvaient croire que l'importance de cet homme rejaillissait sur eux et ils se découvraient, pour eux-mêmes, plus d'estime.

Dans ce temps-là, tout était à l'avenant[4], les nuances, maintenant disparues, existaient. Dans les lettres administratives, l'on écrivait en parlant des pétitionnaires[5] : « Monsieur », pour une personne tenant dans la société un rang honorable, « le sieur » pour un homme de moindre marque, le « nommé » pour les artisans et les forçats. Et quelle ingéniosité pour varier le vocabulaire, pour ne pas répéter les mêmes mots ; on désignait tour à tour le pétitionnaire : « le postulant », « le suppliant », « l'impétrant », « le requérant ». Le préfet devenait, à un autre membre de phrase, « ce haut fonctionnaire » ; la personne dont le nom motivait la lettre se changeait en « cet individu », en « le prénommé », en « le susnommé » ; parlant d'elle-même l'administration se qualifiait tantôt de « centrale » et tantôt de « supérieure », usait sans mesure des synonymes, ajoutait, pour annoncer l'envoi d'une

---

1. ***Racolés*** : recrutés.

2. ***Un énorme rond rouge*** : vraisemblablement une décoration.

3. ***Portefeuille*** : carton double pliant qui renferme les papiers que le directeur doit signer.

4. ***À l'avenant*** : de même.

5. ***Pétitionnaires*** : ici, personnes qui adressent une réclamation, une requête.

pièce, des « ci-joints », des « ci-inclus », des « sous ce pli ». Partout s'épandaient les protocoles[1] ; les salutations de fins de lettres variaient à l'infini, se dosaient à de justes poids, parcouraient une gamme qui exigeait, des pianistes de bureau, un doigté rare. Ici, s'adressant au sommet des hiérarchies, c'était l'assurance « de la haute considération », puis la considération baissait de plusieurs crans, devenait, pour les gens n'ayant pas rang de ministre, la « plus distinguée », la « très distinguée », la « distinguée », la « parfaite », pour aboutir à la considération sans épithète, à celle qui se niait elle-même, car elle représentait simplement le comble du mépris.

Quel employé savait maintenant manipuler ce délicat clavier des fins de lettres, choisir ces révérences très difficiles à tirer souvent, alors qu'il s'agissait de répondre à des gens dont la situation n'avait pas été prévue par les dogmes[2] imparfaitement imposés des protocoles ! Hélas ! les expéditionnaires[3] avaient perdu le sens des formules, ignoraient le jeu habile du compte-gouttes ! – et ! qu'importait au fond – puisque tout se délitait[4], tout s'effondrait depuis des ans. Le temps des abominations démocratiques[5] était venu et le titre d'Excellence que les ministres échangeaient autrefois entre eux avait disparu. L'on s'écrivait d'un ministère à l'autre, de pair à compagnon, comme des négociants et des bourgeois. Les faveurs mêmes, ces rubans en soie verte ou bleue ou tricolore, qui attachaient les lettres alors qu'elles se composaient de plus de deux feuilles, étaient remplacées par de la ficelle rose, à cinq sous la pelote !

---

1. ***Protocoles*** : formules conventionnelles.
2. ***Dogmes*** : principes dont la vérité ne peut être contestée.
3. ***Expéditionnaires*** : employés chargés de copier puis d'envoyer des papiers administratifs.
4. ***Se délitait*** : se désagrégeait.
5. En régime républicain et démocratique, tous les citoyens sont égaux devant la loi et les gouvernants sont les représentants du peuple. Cet égalitarisme semble déplaire à M. Bougran qui paraît nostalgique d'un pouvoir fort du type de celui du second Empire.

Quelle platitude et quelle déchéance ! Je me sentais bien mal à l'aise dans ces milieux sans dignité authentique et sans tenue, mais… mais… de là, à vouloir les quitter… et, soupirant, M. Bougran revint à sa propre situation, à lui-même.

Mentalement, il supputait[1] la retraite proportionnelle à laquelle il aurait droit[2] : dix-huit cents francs au plus ; avec les petites rentes qu'il tenait de son père ; c'était tout juste de quoi vivre. Il est vrai, se dit-il, que ma vieille bonne Eulalie et moi, nous vivons de rien.

Mais, bien plus que la question des ressources personnelles, la question du temps à tuer l'inquiéta. Comment rompre, du jour au lendemain, avec cette habitude d'un bureau vous enfermant dans une pièce toujours la même, pendant d'identiques heures, avec cette coutume d'une conversation échangée, chaque matin, entre collègues. Sans doute, ces entretiens étaient peu variés ; ils roulaient tous sur le plus ou moins d'avancement qu'on pouvait attendre à la fin de l'année, supputaient de probables retraites, escomptaient même de possibles morts, supposaient d'illusoires gratifications, ne déviaient de ces sujets passionnants que pour s'étendre en d'interminables réflexions sur les événements relatés par le journal. Mais ce manque même d'imprévu était en si parfait accord avec la monotonie des visages, la platitude des plaisanteries, l'uniformité même des pièces !

Puis n'y avait-il pas d'intéressantes discussions dans le bureau du chef ou du sous-chef, sur la marche à imprimer à telle affaire ; par quoi remplacer désormais ces joutes juridiques, ces apparents litiges, ces gais accords, ces heureuses noises[3] ; comment se distraire d'un métier qui vous prenait aux moelles, vous possédait, tout entier, à fond ?

1. ***Supputait*** : calculait, évaluait.
2. La loi du 9 juin 1853 prévoit pour les retraites anticipées une pension proportionnelle au nombre d'années de service.
3. ***Noises*** : querelles, disputes.

Et M. Bougran secouait désespérément la tête, se disant : je suis seul, célibataire, sans parents, sans amis, sans camarades ; je n'ai aucune aptitude pour entreprendre des besognes autres que celles qui, pendant vingt ans, me tinrent. Je suis trop vieux pour recommencer une nouvelle vie. Cette constatation le terrifia.

Voyons, reprit-il, en se levant, il faut pourtant que je retourne à mon bureau ! – ses jambes vacillaient. Je ne me sens pas bien, si j'allais me coucher. Il se força à marcher, résolu à mourir, s'il le fallait, sur la brèche[1]. Il rejoignit le ministère et rentra dans sa pièce.

Là, il faillit s'évanouir et pour tout de bon. Il regardait, ahuri, les larmes aux yeux, cette coque[2] qui l'avait, pendant tant d'années, couvert ; – quand, doucement, ses collègues, à la queue leu leu, entrèrent.

Ils avaient guetté la rentrée et les condoléances variaient avec les têtes. Le commis d'ordre, un grand secot[3], à tête de marabout[4], peluchée de quelques poils incolores sur l'occiput[5], lui secoua vivement les mains, sans dire mot ; il se comportait envers lui comme envers la famille d'un défunt, à la sortie de l'église, devant le corps, après l'absoute[6]. Les expéditionnaires hochaient la tête, témoignaient de leur douleur officielle, en s'inclinant.

Les rédacteurs, ses collègues, plus intimes avec lui, esquissèrent quelques propos de réconfort.

« Voyons, il faut se faire une raison – et puis, mon cher, songez qu'en somme, vous n'avez ni femme, ni enfants, que vous pourriez

---

1. *Mourir* [...] ***sur la brèche*** : littéralement, mourir au combat, donc ici, mourir en travaillant.

2. *Coque* : enveloppe protectrice. M. Bougran dans son bureau est pareil à un poussin dans sa coquille.

3. *Secot* : homme sec, très maigre.

4. *Marabout* : grand oiseau (échassier).

5. *Occiput* : partie inférieure de la tête, au-dessus de la nuque.

6. *Absoute* : dernières prières que l'on prononce devant le cercueil lors de l'office religieux.

« Puisque réalisme il y a »

Dans les années 1850, « réalisme » est un mot de la critique pour fustiger les toiles du peintre Gustave Courbet (1819-1877). En 1855, tout en déplorant d'être rangé sous une étiquette, Courbet maintient ses positions. « Puisque réalisme il y a », comme il l'écrit à son ami Champfleury, il décide de faire inscrire, sur le fronton du pavillon construit pour présenter deux tableaux refusés à l'Exposition universelle, le titre suivant : « Gustave Courbet, DU RÉALISME ». Le terme devient dès lors l'expression positive d'une volonté picturale et littéraire de représenter la réalité le plus fidèlement possible, dans toute son étendue.
Le naturalisme en littérature, tel que l'entend Émile Zola, radicalise le rapport au monde instauré par le réalisme. La fiction doit être non seulement suscitée par une observation du monde, mais conforme aux méthodes et aux résultats que les sciences ont mis au jour.

▲ Le scandale que provoque *L'Enterrement à Ornans* de Gustave Courbet (1850), œuvre qualifiée par la critique de « réaliste », tient au fait que les cinquante personnages de cette toile sont représentés grandeur nature sans être embellis (le nez rouge des bedeaux fit couler beaucoup d'encre) et sont disposés autour d'un trou béant inapte à susciter une émotion religieuse ou le sentiment d'une transcendance, renvoyant le spectateur à l'impossibilité d'une transfiguration de la matérialité de la vie.

◀ Le *Portrait d'Émile Zola* (1868) **par Édouard Manet** (1832-1883) témoigne des connexions profondes entre littérature et peinture, puisque le peintre représente l'écrivain posant devant diverses reproductions, dont l'une de ses propres toiles : *Olympia*. Pourtant, Manet n'est pas naturaliste (le terme s'applique peu à la peinture), son réalisme s'emploie à représenter l'impression ressentie devant son modèle.

▼ *Une leçon clinique à la Salpêtrière* (1887) **d'André Bouillet** (1857-1914) montre l'intérêt des artistes pour la médecine expérimentale, en particulier celle des aliénistes, et, plus généralement, l'engouement du public pour les sciences. Jean-Martin Charcot (1825-1893), ici représenté, s'est notamment rendu célèbre par ses « Leçons du mardi matin », ouvertes au public, durant lesquelles il expose des cas cliniques, en particulier celui de femmes atteintes d'hystérie.

Dans cette charge contre le naturalisme, tirée de *La Halle aux charges* (1885), Frédéric Cazals (1865-1941) a représenté Zola avec des instruments censés symboliser une méthode d'écriture dérivée de la médecine. En bas à gauche, on peut lire : « Zola écrivit à la charogne humaine,/ Chacun son goût – Il en fait son régal/ Dans la gargouille il bâtit son domaine/ Après *Pot-Bouille* arrive *Germinal*/ Naturalisme/ Et Zolaisme/ Ont fait école – est-ce un bien ?... est-ce un mal/ Mais c'est étrange/ Que dans la fange/ Le maître ait pu se creuser un canal » (Eugène Chatelain).

« Toute la vie moderne ! »

Les écrivains réalistes et naturalistes veulent rendre compte de leur époque en ne renonçant à aucun sujet, afin de restituer la diversité sociale et la complexité du monde. Comme l'écrit Zola dans *L'Œuvre* (1886), il s'agit de décrire la vie « telle qu'elle passe dans les rues, la vie des pauvres et des riches, aux marchés, aux courses, sur les boulevards, au fond des ruelles populeuses, et tous les métiers en branle ; et toutes les passions remises debout, sous le plus beau jour ; et les paysans et les bêtes, et les campagnes !... [...] Oui ! toute la vie moderne ! ».

▲ Ami de Zola, Jules Bastien-Lepage (1848-1884) est appelé « peintre-paysan » non seulement parce qu'il est le fils d'un modeste propriétaire terrien de la Meuse, mais aussi parce qu'une grande part de son œuvre, tel *L'Amour au village* (1882), représente des scènes de la vie quotidienne de la paysannerie.

▲ Avec *Le Pont de l'Europe* (1876), Gustave Caillebotte (1848-1894) peint à la fois la ville moderne (le pont métallique enjambant les voies de chemin de fer de la gare Saint-Lazare à Paris) et la diversité sociale.

Question

Quelles impressions procure le jeu des perspectives et des regards ?

▲ Le réalisme et le naturalisme ne se contentent pas de décrire la société ; ils peuvent aussi exprimer une vision politique propre à l'artiste. Ainsi, *Sans asile* (1883) de Fernand Pelez (1848-1913) cherche à attirer l'attention du spectateur sur la misère du prolétariat urbain.

Question

Étudiez tous les procédés propres à susciter l'émotion et l'empathie du spectateur.

▲ Ce portrait intitulé ***La Dame au coussin rouge*** (1876) par **Carolus-Duran** (1837-1917) est celui d'une grande courtisane de la Belle Époque : Alice de Lancey. La fille de Jacques Damour pourrait en être le pendant littéraire.

« La flaque de boue et de sang où allait s'effondrer un monde »

En concevant avec *Jacques Damour* le parcours d'un ouvrier né sous le second Empire, Zola entend éclairer un épisode singulier de l'histoire de France : la Commune. Après la chute de l'empereur Napoléon III en septembre 1870, au moment où la France est encore en guerre contre la Prusse, naît un mouvement insurrectionnel populaire, essentiellement parisien. Le 28 mars 1871, les révolutionnaires remportent les élections du Conseil de la Commune de Paris. Les troupes versaillaises fidèles au gouvernement d'Adolphe Thiers mènent une répression brutale du 21 au 27 mai 1871 : c'est la « semaine sanglante ». La Commune est vue par Zola comme un grand moment de confusion anarchique, « la flaque de boue et de sang où allait s'effondrer un monde », selon ses termes dans *La Débâcle* (1892).

▲ La photographie du 18 mars 1871, prise à la barricade de la rue de Charonne où se mêlent soldats et civils, hommes et femmes, pourrait être illustrée par la phrase de Zola : « Des barricades s'élevaient partout, le triomphe du peuple arrivait enfin ; et il venait chercher Damour, en disant qu'on avait besoin de tous les bons citoyens. »

▲ En 1871, Pierre Puvis de Chavannes (1824-1898) réalise *Le Pigeon*, allégorie du siège de Paris par les Prussiens durant l'hiver 1870-1871.

Question

Relevez les différents symboles qui composent l'allégorie et expliquez-les.

être mis à la retraite dans des conditions infiniment plus dures, en ayant, comme moi, par exemple, une fille à marier. Estimez-vous donc aussi heureux qu'on peut être en pareil cas.

– Il convient aussi d'envisager dans toute affaire le côté agréable qu'elle peut présenter, fit un autre. Vous allez être libre de vous promener, vous pourrez manger au soleil vos petites rentes.

– Et aller vivre à la campagne où vous serez comme un coq en pâte», ajouta un troisième.

M. Bougran fit doucement observer qu'il était originaire de Paris, qu'il ne connaissait personne en province, qu'il ne se sentait pas le courage de s'exiler, sous prétexte d'économies à réaliser, dans un trou ; tous n'en persistèrent pas moins à lui démontrer qu'en fin de compte, il n'était pas bien à plaindre.

Et comme aucun d'eux n'était menacé par son âge d'un semblable sort, ils exhibaient une résignation de bon aloi [1], s'indignaient presque de la tristesse de M. Bougran.

L'exemple de la réelle sympathie et du véridique regret, ce fut Baptiste, le garçon de bureau, qui le servit ; l'air onctueux [2] et consterné, il s'offrit à porter lui-même chez M. Bougran les petites affaires, telles que vieux paletot [3], plumes, crayons, etc., que celui-ci possédait à son bureau, laissa entendre que ce serait ainsi la dernière occasion que M. Bougran aurait de lui donner un bon pourboire.

« Allons, messieurs, fit le chef qui entra dans la pièce. Le directeur demande le portefeuille pour 5 heures. »

Tous se dispersèrent ; et, hennissant comme un vieux cheval, M. Bougran se mit au travail, ne connaissant plus que la consigne, se dépêchant à rattraper le temps qu'il avait, dans ses douloureuses rêveries sur un banc, perdu.

---

1. ***De bon aloi*** : littéralement, de bonne qualité ; ici, qui se justifie, qui ne paraît pas incohérente.
2. ***Onctueux*** : mielleux, très doux mais dont la douceur semble hypocrite.
3. ***Paletot*** : veste.

II

Les premiers jours furent lamentables. Réveillé, à la même heure que jadis, il se disait à quoi bon se lever, traînait contrairement à ses habitudes dans son lit, prenait froid, bâillait, finissait par s'habiller. Mais à quoi s'occuper, Seigneur ! Après de mûres délibérations, il se décidait à aller se promener, à errer dans le jardin du Luxembourg qui n'était pas éloigné de la rue de Vaugirard [1] où il habitait.

Mais ces pelouses soigneusement peignées, sans tache de terre ni d'eau, comme repeintes et vernies, chaque matin, dès l'aube ; ces fleurs remontées comme à neuf sur les fils de fer de leurs tiges ; ces arbres gros comme des cannes, toute cette fausse campagne, plantée de statues imbéciles, ne l'égayait guère.

Il allait se réfugier au fond du jardin, dans l'ancienne pépinière sur laquelle maintenant tombaient les solennelles ombres des constructions de l'École de pharmacie et du lycée Louis-le-Grand [2]. La verdure n'y était ni moins apprêtée, ni moins étique [3]. Les gazons y étalaient leurs cheveux coupés ras et verts, les petits arbres y balançaient les plumeaux ennuyés de leurs têtes, mais la torture infligée, dans certaines plates-bandes, aux arbres fruitiers l'arrêtait. Ces arbres n'avaient plus forme d'arbres. On les

---

1. ***Rue de Vaugirard***: rue du VIe arrondissement de Paris. Le jardin du Luxembourg se trouve à côté.

2. ***École de Pharmacie, lycée Louis-le-Grand*** : bâtiments situés respectivement rue d'Assas et rue Michelet, qui bordent le jardin. Le lycée Louis-le-Grand se situe en fait rue Saint-Jacques. Il s'agit ici d'une annexe construite en 1885, qui deviendra un lycée autonome en 1891 sous le nom de lycée Montaigne.

3. ***Étique*** : littéralement, frappé d'étisie, c'est-à-dire d'une extrême maigreur, desséchée.

écartelait le long de tringles[1], on les faisait ramper le long de fils de fer sur le sol ; on leur déviait les membres dès leur naissance et l'on obtenait ainsi des végétations acrobates et des troncs désarticulés, comme en caoutchouc. Ils couraient, serpentaient ainsi que des couleuvres, s'évasaient en forme de corbeilles, simulaient des ruches d'abeilles, des pyramides, des éventails, des vases à fleurs, des toupets[2] de clown. C'était une vraie cave des tortures végétales que ce jardin où, à l'aide de chevalets, de brodequins[3] d'osier ou de fonte, d'appareils en paille, de corsets orthopédiques[4], des jardiniers herniaires[5] tentaient, non de redresser des tailles déviées comme chez les bandagistes[6] de la race humaine, mais au contraire de les contourner et de les disloquer et de les tordre, suivant un probable idéal japonais[7] de monstres !

Mais quand il avait bien admiré cette façon d'assassiner les arbres, sous le prétexte de leur extirper de meilleurs fruits, il traînait, désœuvré, sans même s'être aperçu que cette chirurgie potagère présentait le plus parfait symbole avec l'administration telle qu'il l'avait pratiquée pendant des ans. Dans les bureaux, comme dans le jardin du Luxembourg, l'on s'ingéniait à démantibuler[8] des choses simples ; l'on prenait un texte de droit administratif dont le sens était limpide, net, et aussitôt, à l'aide de

---

1. ***Tringles*** : tiges métalliques servant de support.
2. ***Toupets*** : touffes de cheveux sur le sommet du crâne.
3. ***Brodequins*** : chaussures montantes de marche.
4. ***Corsets orthopédiques*** : corsets dont on se sert en orthopédie, une pratique médicale qui prévient et corrige les difformités corporelles.
5. ***Herniaires*** : qui ont trait aux hernies, c'est-à-dire à des excroissances dues à la sortie d'un organe de sa cavité naturelle. Ici, les jardiniers sont, en quelque sorte, « spécialistes de la hernie ».
6. ***Bandagistes*** : personnes qui fabriquent ou vendent des bandages chirurgicaux, notamment herniaires.
7. ***Japonais*** : ici, sophistiqué. En France, à la fin du XIXe siècle, le Japon apparaît comme une civilisation d'un très grand raffinement esthétique. Les bibelots japonais sont alors très à la mode.
8. ***Démantibuler*** : disloquer, démonter.

circulaires troubles, à l'aide de précédents sans analogie, et de jurisprudences[1] remontant au temps des messidors et des ventôses[2], l'on faisait de ce texte un embrouillamini, une littérature de Magot[3], aux phrases grimaçantes, rendant les arrêts[4] les plus opposés à ceux que l'on pouvait prévoir.

Puis, il remontait, allait sur la terrasse du Luxembourg où les arbres semblent moins jeunes, moins fraîchement époussetés, plus vrais. Et il passait entre les chaises, regardant les gamins faire des pâtés avec du sable et de petits seaux, tandis que leurs mères causaient, coude à coude, échangeant d'actives réflexions sur la façon d'apprêter le veau et d'accommoder, pour le déjeuner du matin, les restes.

Et il rentrait, harassé, chez lui, remontait, bâillait, se faisait rabrouer par sa servante Eulalie, qui se plaignait qu'il devînt « bassin[5] », qu'il se crût le droit de venir « trôler[6] » dans sa cuisine.

Bientôt l'insomnie s'en mêla ; arraché à ses habitudes, transporté dans une atmosphère d'oisiveté lourde, le corps fonctionnait mal ; l'appétit était perdu ; les nuits jadis si bonnes sous les couvertures s'agitèrent et s'assombrirent, alors que, dans le silence noir, tombaient, au loin, les heures.

Il s'avisa de lire, dans la journée, quand il plut, et alors, fatigué de ses insomnies, il s'endormit ; et la nuit qui suivait ces somnolences devenait plus longue, plus éveillée, encore. Il dut, quand le temps se gâta, se promener quand même, pour se lasser

1. ***Jurisprudences*** : décisions prises par des juridictions et qui servent de référence à d'autres juridictions pour rendre des jugements.

2. ***Messidors*, *ventôses*** : mois du calendrier révolutionnaire.

3. ***Magot*** : peuple de barbares, rustres et violents. Le mot vient de « Magog », nom qui, dans la Bible, désigne un horrible peuple conduit par Satan contre Jérusalem. Par analogie, Magot désigne aussi un singe sans queue, laid et agressif, et, plus généralement, tout homme disgracieux ou grossier dans ses manières.

4. ***Arrêts*** : décisions juridiques.

5. ***Bassin*** : homme ennuyeux (argot).

6. ***Trôler*** : rôder, aller çà et là (argot).

les membres et il échoua dans les musées, – mais aucun tableau ne l'intéressait ; il ne connaissait aucune toile, aucun maître, ambulait [1] lentement, les mains derrière le dos, devant les cadres, s'occupant des gardiens, assoupis sur les banquettes, supputant la retraite qu'eux aussi, en leur qualité d'employés de l'État, ils auraient un jour.

Il se promena, las [2] de couleurs et de statues blanches, dans les passages de Paris, mais il en fut rapidement chassé ; on l'observait ; les mots de mouchard [3], de roussin [4], de vieux poirot [5], s'entendirent. Honteux il fuyait sous l'averse et retournait se cantonner dans son chez lui.

Et plus poignant que jamais, le souvenir de son bureau l'obséda. Vu de loin, le ministère lui apparaissait tel qu'un lieu de délices. Il ne se rappelait plus les iniquités [6] subies, son sous-chèfat dérobé par un inconnu entré à la suite d'un ministre, l'ennui d'un travail mécanique, forcé ; tout l'envers de cette existence de cul-de-jatte s'était évanoui ; la vision demeurait, seule, d'une vie bien assise, douillette, tiède, égayée par des propos de collègues, par de pauvres plaisanteries, par de minables farces.

Décidément, il faut aviser, se dit mélancoliquement M. Bougran. Il songea, pendant quelques heures, à chercher une nouvelle place qui l'occuperait et lui ferait même gagner un peu d'argent ; mais, même en admettant qu'on consentît à prendre dans un magasin un homme de son âge, alors il devrait trimer [7], du matin au soir, et il n'aurait que des appointements ridicules

---

1. ***Ambulait*** : marchait (vieilli).
2. ***Las*** : fatigué.
3. ***Mouchard*** : espion (argot).
4. ***Roussin*** : agent de police (argot).
5. ***Poirot*** : sergent de ville en faction (argot). Le mot a donné le verbe « poiroter » : attendre.
6. ***Iniquités*** : injustices.
7. ***Trimer*** : travailler dur.

puisqu'il était incapable de rendre de sérieux services, dans un métier dont il ignorait les secrets et les ressources.

Et puis ce serait déchoir ! – Comme beaucoup d'employés du Gouvernement, M. Bougran se croyait, en effet, d'une caste supérieure et méprisait les employés des commerces et des banques. Il admettait même des hiérarchies parmi ses congénères, jugeait l'employé d'un ministère supérieur à l'employé d'une préfecture, de même que celui-ci était, à ses yeux, d'un rang plus élevé que le commis employé dans une mairie.

Alors, que devenir ? que faire ? et cette éternelle interrogation restait sans réponse.

De guerre lasse, il retourna à son bureau, sous le prétexte de revoir ses collègues, mais il fut reçu par eux comme sont reçus les gens qui ne font plus partie d'un groupe – froidement. L'on s'inquiéta d'une façon indifférente de sa santé ; d'aucuns[1] feignirent de l'envier, vantèrent la liberté dont il jouissait, les promenades qu'il devait aimer à faire.

M. Bougran souriait, le cœur gros. Un dernier coup lui fut inconsciemment porté. Il eut la faiblesse de se laisser entraîner dans son ancienne pièce ; il vit l'employé qui le remplaçait, un tout jeune homme ! Une colère le prit contre ce successeur parce qu'il avait changé l'aspect de cette pièce qu'il aimait, déplacé le bureau, poussé les chaises dans un autre coin, mis les cartons dans d'autres cases ; l'encrier était à gauche maintenant et le plumier à droite !

Il s'en fut navré. – En route, soudain, une idée germa qui grandit en lui. – Ah ! fit-il, je suis sauvé peut-être, et sa joie fut telle qu'il mangea, en rentrant, de bon appétit, ce soir-là, dormit comme une taupe, se réveilla, guilleret, dès l'aube.

1. ***D'aucuns*** : certains.

III

Ce projet qui l'avait ragaillardi était facile à réaliser. D'abord M. Bougran courut chez les marchands de papiers de tentures, acquit quelques rouleaux d'un infâme papier couleur de chicorée au lait qu'il fit apposer sur les murs de la plus petite de ses pièces ; puis, il acheta un bureau en sapin peint en noir, surmonté de casiers, une petite table sur laquelle il posa une cuvette ébréchée et un savon à la guimauve dans un vieux verre, un fauteuil canné, en hémicycle [1], deux chaises. Il fit mettre contre les murailles des casiers de bois blanc qu'il remplit de cartons verts à poignées de cuivre, piqua avec une épingle un calendrier le long de la cheminée dont il fit enlever la glace et sur la tablette de laquelle il entassa des boîtes à fiches, jeta un paillasson, une corbeille sous son bureau et, se reculant un peu, s'écria ravi : « M'y voilà, j'y suis ! »

Sur son bureau, il rangea, dans un ordre méthodique, toute la série de ses porte-plume et de ses crayons, porte-plume en forme de massue, en liège, porte-plume à cuirasses de cuivre emmanchés dans un bâton de palissandre [2], sentant bon quand on le mâche, crayons noirs, bleus, rouges, pour les annotations et les renvois. Puis il disposa, comme jadis, un encrier en porcelaine, cerclé d'éponges, à la droite de son sous-main, une sébile [3] remplie de sciure de bois à sa gauche ; en face, une grimace [4] contenant sous son couvercle de velours vert, hérissé d'épingles,

1. ***En hémicycle*** : en demi-cercle.
2. ***Palissandre*** : bois exotique odorant.
3. ***Sébile*** : petite coupe en bois.
4. ***Grimace*** : boîte de pains à cacheter (morceaux de pâte sèche remplaçant la cire fondue) dont le couvercle est une pelote à épingles.

des pains à cacheter et de la ficelle rose. Des dossiers de papier jaunâtre un peu partout ; au-dessus des casiers, les livres nécessaires : le *Dictionnaire d'administration*[1] de Bloch, le Code[2] et les Lois usuelles[3], le Béquet[4], le Blanche[5] ; il se trouvait, sans avoir bougé de place, revenu devant son ancien bureau, dans son ancienne pièce.

Il s'assit, radieux, et dès lors revécut les jours d'antan. Il sortait, le matin, comme jadis, et d'un pas actif, ainsi qu'un homme qui veut arriver à l'heure, il filait le long du boulevard Saint-Germain, s'arrêtait à moitié chemin de son ancien bureau, revenait sur ses pas, rentrait chez lui, tirant dans l'escalier sa montre pour vérifier l'heure, et il enlevait la rondelle de carton qui couvrait son encrier, retirait ses manchettes[6], y substituait des manchettes en gros papier bulle, le papier qui sert à couvrir les dossiers, changeait son habit propre contre la vieille redingote qu'il portait au Ministère, et au travail !

Il s'inventait des questions à traiter, s'adressait des pétitions, répondait, faisait ce qu'on appelle « l'enregistrement », en écrivant sur un gros livre la date des arrivées et des départs. Et, la séance de bureau close, il flânait comme autrefois une heure dans les rues avant que de rentrer pour dîner.

Il eut la chance, les premiers temps, de s'inventer une question analogue à celles qu'il aimait à traiter jadis, mais plus embrouillée,

---

1. ***Dictionnaire d'administration*** : le titre exact est *Entretiens familiers sur l'administration de notre pays* (première édition en 1880) de Maurice Bloch.
2. ***Le Code*** : il s'agit du Code civil (1804), recueil de lois sur les droits fondamentaux des citoyens.
3. ***Lois usuelles*** : ouvrages rassemblant les textes de lois en usage, souvent par domaine (réunions publiques, élections, etc.).
4. ***Le Béquet*** : désigne le *Traité de l'état civil et des actes qui s'y rattachent* (1883), annoté et commenté par Édouard Béquet.
5. ***Le Blanche*** : désigne le *Code-Formulaire des actes de l'état civil, législation et jurisprudence* (1884), par Armand Blanche.
6. ***Manchettes*** : manches amovibles.

plus chimérique [1], plus follement niaise. Il peina durement, chercha dans les arrêts du Conseil d'État [2] et de la Cour de cassation [3] ces arrêts qu'on y trouve, au choix, pour défendre ou soutenir telle ou telle cause. Heureux de patauger dans les chinoiseries [4] juridiques, de tenter d'assortir à sa thèse les ridicules jurisprudences qu'on manie dans tous les sens, il suait sur son papier recommençant plusieurs fois ses minutes [5] ou ses brouillons, les corrigeant dans la marge laissée blanche sur le papier comme le faisait son chef, jadis, n'arrivant pas, malgré tout, à se satisfaire, mâchant son porte-plume, se tapant sur le front, étouffant, ouvrant la croisée [6] pour humer de l'air.

Il vécut, pendant un mois, de la sorte ; puis un malaise d'âme le prit. Il travaillait jusqu'à 5 heures, mais il se sentait harassé ; mécontent de lui-même, distrait de pensées, incapable de s'abstraire, de ne plus songer qu'à ses dossiers. Au fond, il *sentait maintenant* la comédie qu'il se jouait ; il avait bien restitué le milieu de l'ancien bureau, la pièce même. Il la laissait, au besoin, fermée pour qu'elle exhalât cette odeur de poussière et d'encre sèche qui émane des chambres des Ministères, – mais le bruit, la conversation, les allées et venues de ses collègues manquaient. Pas une âme à qui parler. Ce bureau solitaire n'était pas, en somme, un vrai bureau. Il avait beau avoir repris toutes ses habitudes, ce n'était plus cela. – Ah ! il aurait donné beaucoup pour

1. ***Chimérique*** : ici, d'une complexité monstrueuse, irréelle. Dans la mythologie, une chimère est un monstre fabuleux d'une composition hétéroclite : tête et poitrail de lion, ventre de chèvre, queue de dragon.

2. ***Conseil d'État*** : tribunal administratif suprême, garant des droits et des libertés fondamentales.

3. ***Cour de cassation*** : juridiction qui annule (« casse ») ou valide en dernier ressort une décision prise par un tribunal.

4. ***Chinoiseries*** : détails d'une excessive complexité.

5. ***Minutes*** : originaux d'un jugement ou d'actes authentiques dont le dépositaire ne peut se dessaisir.

6. ***Croisée*** : fenêtre.

pouvoir sonner et voir le garçon de bureau entrer et faire, pendant quelques minutes, la causette.

Et puis… et puis… d'autres trous se creusaient dans le sol factice de cette vie molle ; le matin, alors qu'il dépouillait le courrier qu'il s'envoyait la veille, il savait ce que contenaient les enveloppes ; il reconnaissait son écriture, le format de l'enveloppe dans laquelle il avait enfermé telle ou telle affaire, et cela lui enlevait toute illusion ! Il eût au moins fallu qu'une autre personne fît les suscriptions [1] et usât d'enveloppes qu'il ne connaîtrait point !

Le découragement le prit ; il s'ennuya tellement qu'il se donna un congé de quelques jours et erra par les rues.

« Monsieur a mauvaise mine », disait Eulalie en regardant son maître. Et, les mains dans les poches de son tablier, elle ajoutait : « Je comprends vraiment pas qu'on se donne tant de mal à travailler, quand ça ne rapporte aucun argent ! »

Il soupirait et, quand elle sortait, se contemplait dans la glace. C'était pourtant vrai qu'il avait mauvaise mine, et comme il était vieilli ! Ses yeux d'un bleu étonné, dolent [2], ses yeux toujours écarquillés, grands ouverts, se ridaient et les pinceaux de ses sourcils devenaient blancs. Son crâne se dénudait, ses favoris [3] étaient tout gris, sa bouche même soigneusement rasée rentrait sous le menton en vedette [4] ; enfin son petit corps boulot dégonflait, les épaules arquaient, ses vêtements semblaient élargis et plus vieux. Il se voyait ruiné, caduc [5], écrasé par cet âge de cinquante ans qu'il supportait si allégrement, tant qu'il travaillait, dans un vrai bureau.

« Monsieur devrait se purger, reprenait Eulalie quand elle le revoyait. Monsieur s'ennuie, pourquoi donc qu'il irait pas à la pêche ; il nous rapporterait une friture [6] de Seine, ça le distrairait. »

---

1. ***Fît les suscriptions*** : écrivît l'adresse des lettres.
2. ***Dolent*** : plaintif, souffrant.
3. ***Favoris*** : touffes de barbe qu'un homme laisse pousser sur ses joues.
4. ***En vedette*** : ici, proéminent.
5. ***Caduc*** : vieux, touchant à sa fin.
6. ***Une friture*** : des petits poissons frits.

M. Bougran secouait doucement la tête, et sortait.

Un jour que le hasard d'une promenade l'avait conduit, sans même qu'il s'en fût aperçu, au Jardin des Plantes [1], son regard fut tout à coup attiré par un mouvement de bras passant près de sa face. Il s'arrêta, se récupéra, vit l'un de ses anciens garçons de bureau qui le saluait.

Il eut un éclair ; presque un cri de joie.

« Huriot », dit-il. L'autre se retourna, enleva sa casquette, mit une pipe qu'il tenait à la main au port d'armes.

« Eh bien, mon ami, voyons, que devenez-vous ?

– Mais rien, Monsieur Bougran, je bricole, par ci, par là, pour gagner quelques sous en plus de ma retraite ; mais, sauf votre respect, je foutimasse [2], car je suis bien plus bon à grand-chose, depuis que mes jambes, elles ne vont plus !

– Écoutez, Huriot, avez-vous encore une de vos tenues de garçon de bureau du ministère ?

– Mais, Monsieur, oui, j'en ai une vieille que j'use chez moi pour épargner mes vêtements quand je sors.

– Ah ! »

M. Bougran était plongé dans une méditation délicieuse. Le prendre à son service, en habit de bureau, chez lui. Tous les quarts d'heure, il entrerait comme autrefois dans sa pièce en apportant des papiers. Et puis, il pourrait faire le départ, écrire l'adresse sur les enveloppes. Ce serait peut-être le bureau enfin !

« Mon garçon, voici, écoutez-moi bien, reprit M. Bougran. Je vous donne cinquante francs par mois pour venir chez moi, absolument, vous entendez, absolument comme au bureau. Vous aurez en moins les escaliers à monter et à descendre ; mais vous allez

1. ***Jardin des Plantes*** : jardin du Ve arrondissement, attenant au Muséum d'histoire naturelle.

2. ***Je foutimasse*** : je ne fais rien d'intéressant (argot).

raser votre barbe et porter comme jadis des favoris et remettre votre costume. Cela vous va-t-il ?

– Si ça me va ! – et, en hésitant, il cligna de l'œil ; vous allez donc monter un établissement, quelque chose comme une banque, M. Bougran ?

– Non, c'est autre chose que je vous expliquerai quand le moment sera venu ; en attendant voici mon adresse. Arrangez-vous comme vous pourrez, mais venez chez moi, demain, commencer votre travail. »

Et il le quitta et galopa, tout rajeuni, jusque chez lui.

« Bien, voilà comme Monsieur devrait être, tous les jours », dit Eulalie qui l'observait et se demandait quel événement avait pu surgir dans cette vie plate.

Il avait besoin de se débonder [1], d'exhaler sa joie, de parler. Il raconta à la bonne sa rencontre, puis il demeura inquiet et coi [2] devant le regard sévère de cette femme.

« Alors qu'il viendrait, ce Monsieur, pour rien faire, comme ça manger votre argent ! dit-elle, d'un ton sec.

– Mais non, mais non, Eulalie, il aura sa tâche, et puis c'est un brave homme, un vieux serviteur bien au courant de son service.

– La belle avance ! tiens pour cinquante francs il serait là à se tourner les pouces, alors que moi qui fais le ménage, qui fais la cuisine, moi qui vous soigne, je ne touche que quarante francs par mois. – C'est trop fort, à la fin des fins ! – Non, Monsieur Bougran, ça ne peut pas s'arranger comme cela : prenez ce vieux bureau d'homme et faites-vous frotter vos rhumatismes avec de la flanelle [3] et de ce baume qui pue la peinture, moi, je m'en vais ; c'est pas à mon âge qu'on supporte des traitements pareils ! »

M. Bougran la regardait atterré.

1. ***Se débonder*** : donner libre cours à ses sentiments.
2. ***Coi*** : abasourdi, pantois.
3. ***Flanelle*** : tissu de laine.

« Voyons, ma bonne Eulalie, il ne faut pas vous fâcher ainsi, voyons, je vais si vous le voulez augmenter un petit peu vos gages[1]...

– Mes gages ! oh ce n'est pas pour ces cinquante francs que vous m'offrez maintenant par mois, que je me déciderais à rester ; c'est à cause de la manière dont vous agissez avec moi que je veux partir ! »

M. Bougran se fit la réflexion qu'il ne lui avait pas du tout offert des gages de cinquante francs, son intention étant simplement de l'augmenter de cinq francs par mois ; mais devant la figure irritée de la vieille qui déclarait que, malgré tout, elle allait partir, il courba la tête et fit des excuses, essayant de l'amadouer par des gracieusetés et d'obtenir d'elle qu'elle ne fît pas, comme elle l'en menaçait, ses malles.

« Et où que vous le mettrez, pas dans ma cuisine toujours ? demanda Eulalie qui, ayant acquis ce qu'elle voulait, consentit à se détendre.

– Non, dans l'antichambre[2] ; vous n'aurez ni à vous en occuper, ni à le voir ; vous voyez bien, ma fille, qu'il n'y avait pas de quoi vous emporter comme vous l'avez fait !

– Je m'emporte comme je veux et je ne l'envoie pas dire[3] », cria-t-elle, remontant sur ses ergots[4], décidée à rester, mais à mater ces semblants de reproches.

Harassé, M. Bougran n'osa plus la regarder quand elle sortit, d'un air insolent et fier, de la pièce.

---

1. ***Gages*** : salaire.
2. ***Antichambre*** : salle d'attente des visiteurs.
3. ***Je ne l'envoie pas dire*** : je le dis moi-même.
4. ***Remontant sur ses ergots*** : à nouveau agressive. L'ergot, au sens propre, désigne une partie de la patte qui sert d'arme offensive à certains animaux, notamment le coq et la poule.

IV

« Le courrier n'est pas bien fort, ce matin !

– Non, Huriot, nous nous relâchons ; j'ai eu une grosse affaire à traiter, hier, et comme je suis seul, j'ai dû délaisser les questions moins importantes et le service en souffre !

– Nous mollissons, comme disait ce pauvre Monsieur de Pinaudel. Monsieur l'a connu ?

– Oui, mon garçon. Ah ! c'était un homme bien capable. Il n'avait pas son pareil pour rédiger une lettre délicate. Encore un honnête serviteur, qu'on a mis, comme moi, à la retraite, avant l'âge !

– Aussi, faut voir leur administration maintenant, des petits jeunes gens qui songent à leur plaisir, qui n'ont que la tête à ça. Ah ! Monsieur Bougran, les bureaux baissent ! »

M. Bougran eut un soupir. Puis, d'un signe, il congédia le garçon et se remit au travail.

Ah ! cette langue administrative qu'il fallait soigner ! Ces « exciper de [1] », ces « En réponse à la lettre que vous avez bien voulu m'adresser, j'ai l'honneur de vous faire connaître que », ces « Conformément à l'avis exprimé dans votre dépêche relative à… ». Ces phraséologies [2] coutumières : « l'esprit sinon le texte de la loi », « sans méconnaître l'importance des considérations que vous invoquez à l'appui de cette thèse… ». Enfin ces formules destinées au ministère de la Justice où l'on parlait de « l'avis émané de sa Chancellerie », toutes ces phrases évasives et

1. ***Exciper de*** : s'appuyer sur (un acte juridique).

2. ***Phraséologies*** : systèmes de phrases, d'expressions qui s'emploient pour un certain usage, dans un certain milieu, ici l'administration. Le terme « phraséologie », renvoyant à des formules creuses, est souvent péjoratif.

atténuées, les « j'inclinerais à croire », les « il ne vous échappera pas », les « j'attacherais du prix à », tout ce vocabulaire de tournures remontant au temps de Colbert [1], donnait un terrible tintouin à M. Bougran.

La tête entre ses poings, il relisait les premières phrases dont il achevait le brouillon. Il était actuellement occupé aux exercices de haute école, plongé dans le pourvoi [2] au Conseil d'État.

Et il ânonnait [3] l'inévitable formule du commencement :

« Monsieur le Président,

« La section du Contentieux [4] m'a transmis, à fins d'avis, un recours [5] formé devant le Conseil d'État par M. un tel, à l'effet de faire annuler pour excès de pouvoirs ma décision en date du... »

Et la seconde phrase :

« Avant d'aborder la discussion des arguments que le pétitionnaire fait valoir à l'appui de sa cause, je rappellerai sommairement les faits qui motivent le présent recours. »

C'est ici que cela devenait difficile.

« Il faudrait envelopper cela, ne pas trop s'avancer, murmurait M. Bougran. La réclamation de M. un tel est en droit fondée. Il s'agit de sortir habilement de ce litige, de ruser, de négliger certains points. En somme, j'ai, aux termes de la loi, quarante jours pour répondre, je vais y songer, cuire cela dans ma tête, ne pas défendre le ministère à l'aveuglette...

– Voici encore du courrier qui arrive, dit Huriot en apportant deux lettres.

---

1. ***Colbert*** : homme politique (1619-1683) et, notamment, intendant des Finances (1661) et contrôleur général (1665) ; il réorganisa l'administration française sous Louis XIV.
2. ***Pourvoi*** : requête adressée à une juridiction supérieure pour contester la décision d'un tribunal.
3. ***Ânonnait*** : récitait.
4. ***Section du Contentieux*** : service qui s'occupe des affaires litigieuses.
5. ***Recours*** : demande d'annulation ou de modification d'un acte administratif.

– Encore ! – ah la journée est dure ! comment, il est déjà 4 heures. – C'est étonnant tout de même, se dit-il, en humant une prise d'air quand le garçon fut sorti, comme ce Huriot pue et l'ail et le vin ! – Tout comme au bureau, ajouta-t-il, satisfait. Et de la poussière partout, jamais il ne balaye – toujours comme au bureau. – Est-ce assez nature ! »

Ce qui était bien nature aussi, mais dont il ne s'apercevait guère, c'était l'antagonisme[1] croissant d'Eulalie et d'Huriot. Encore qu'elle eût obtenu ses cinquante francs par mois, la bonne ne pouvait s'habituer à ce pochard qui était cependant serviable et doux et dormait, dans l'antichambre, sur une chaise, en attendant que l'employé le sonnât.

« Feignant, disait-elle, en remuant ses casseroles et ses cuivres[2] ; quand on pense que ce vieux bureau ronfle toute la journée, sans rien faire ! »

Et pour témoigner son mécontentement à son maître, elle rata volontairement des sauces, n'ouvrit plus la bouche, ferma violemment les portes.

Timide, M. Bougran baissait le nez, se fermait les oreilles pour ne pas entendre les abominables engueulades qui s'échangeaient entre ses deux domestiques, sur le seuil de la cuisine ; des bribes lui parvenaient cependant où, unis dans une opinion commune, Eulalie et Huriot le traitaient ensemble : de fou, de braque[3], de vieille bête.

Il en conçut une tristesse qui influa sur son travail. Il ne pouvait plus maintenant s'asseoir en lui-même. Alors qu'il lui eût fallu, pour rédiger ce pourvoi, réunir toute l'attention dont il était capable, il éprouvait une évagation[4] d'esprit absolue ; ses pensées se reportaient à ces scènes de ménage, à l'humeur massacrante

1. ***Antagonisme*** : opposition.
2. ***Cuivres*** : ustensiles de cuisine en cuivre.
3. ***Braque*** : fou (argot).
4. ***Évagation*** : ici, déconcentration.

d'Eulalie, et comme il tentait de la désarmer par l'implorante douceur de son regard moutonnier, elle se rebiffait [1] davantage, sûre de le vaincre en frappant fort. Et lui, désespéré, restait, seul, chez lui, le soir, mâchant un exécrable dîner, n'osant se plaindre.

Ces tracas accélérèrent les infirmités de la vieillesse qui pesait maintenant sur lui ; il avait le sang à la tête, étouffait après ses repas, dormait avec des sursauts atroces.

Il eut bientôt du mal à descendre les escaliers et à sortir pour *aller à son bureau* ; mais il se roidissait, partait quand même le matin, marchait une demi-heure avant que de rentrer chez lui.

Sa pauvre tête vacillait ; quand même, il s'usait sur ce pourvoi commencé et dont il ne parvenait plus à se dépêtrer. Tenacement, alors qu'il se sentait l'esprit plus libre, il piochait encore cette question fictive qu'il s'était posée.

Il la résolut enfin, mais il eut une contention de cerveau [2] telle que son crâne chavira, dans une secousse. Il poussa un cri. Ni Huriot, ni la bonne ne se dérangèrent. Vers le soir, ils le trouvèrent tombé sur la table, la bouche bredouillante, les yeux vides. Ils amenèrent un médecin qui constata l'apoplexie [3] et déclara que le malade était perdu.

M. Bougran mourut dans la nuit, pendant que le garçon et que la bonne s'insultaient et cherchaient réciproquement à s'éloigner pour fouiller les meubles.

Sur le bureau, dans la pièce maintenant déserte, s'étalait la feuille de papier sur laquelle M. Bougran avait, en hâte, se sentant mourir, griffonné les dernières lignes de son pourvoi :

« Pour ces motifs, je ne puis, Monsieur le Président, qu'émettre un avis défavorable sur la suite à donner au recours formé par M. un tel. »

---

1. ***Se rebiffait*** : se rebellait.
2. ***Il eut une contention de cerveau*** : il produisit un effort intellectuel.
3. ***Apoplexie*** : arrêt brusque des fonctions cérébrales.

Maupassant

Hautot père et fils

(1889)

■ Portrait de Maupassant (1850-1893) par Nadar (1820-1910).

I

Devant la porte de la maison, demi-ferme, demi-manoir, une de ces habitations rurales mixtes qui furent presque seigneuriales et qu'occupent à présent de gros cultivateurs, les chiens, attachés aux pommiers de la cour, aboyaient et hurlaient à la vue des carnassières [1] portées par le garde et des gamins. Dans la grande salle à manger-cuisine, Hautot père, Hautot fils, M. Bermont, le percepteur [2], et M. Mondaru, le notaire, cassaient une croûte et buvaient un verre avant de se mettre en chasse, car c'était jour d'ouverture.

Hautot père, fier de tout ce qu'il possédait, vantait d'avance le gibier que ses invités allaient trouver sur ses terres. C'était un grand Normand, un de ces hommes puissants, sanguins, osseux, qui lèvent sur leurs épaules des voitures de pommes. Demi-paysan, demi-monsieur, riche, respecté, influent, autoritaire, il avait fait suivre ses classes, jusqu'en troisième, à son fils Hautot César, afin qu'il eût de l'instruction, et il avait arrêté là ses études de peur qu'il devînt un monsieur indifférent à la terre.

Hautot César, presque aussi haut que son père, mais plus maigre, était un bon garçon de fils, docile, content de tout, plein d'admiration, de respect et de déférence [3] pour les volontés et les opinions de Hautot père.

M. Bermont, le percepteur, un petit gros qui montrait sur ses joues rouges de minces réseaux de veines violettes pareils aux affluents et au cours tortueux des fleuves sur les cartes de géographie, demandait :

« Et du lièvre – y en a-t-il, du lièvre ?... »

---

1. ***Carnassières*** : sacs pour porter le gibier.

2. ***Percepteur*** : personne chargée de collecter les impôts.

3. ***Déférence*** : considération respectueuse.

Hautot père répondit :

« Tant que vous en voudrez, surtout dans les fonds du Puysatier.

– Par où commençons-nous ? » interrogea le notaire, un bon vivant de notaire gras et pâle, bedonnant aussi et sanglé[1] dans un costume de chasse tout neuf, acheté à Rouen l'autre semaine.

« Eh bien, par là, par les fonds. Nous jetterons les perdrix dans la plaine et nous nous rabattrons dessus. »

Et Hautot père se leva. Tous l'imitèrent, prirent leurs fusils dans les coins, examinèrent les batteries[2], tapèrent du pied pour s'affermir dans leurs chaussures un peu dures, pas encore assouplies par la chaleur du sang ; puis ils sortirent ; et les chiens se dressant au bout des attaches poussèrent des hurlements aigus en battant l'air de leurs pattes.

On se mit en route vers les fonds. C'était un petit vallon, ou plutôt une grande ondulation de terres de mauvaise qualité, demeurées incultes pour cette raison, sillonnées de ravines[3], couvertes de fougères, excellente réserve de gibier.

Les chasseurs s'espacèrent, Hautot père tenant la droite, Hautot fils tenant la gauche, et les deux invités au milieu. Le garde et les porteurs de carniers[4] suivaient. C'était l'instant solennel où on attend le premier coup de fusil, où le cœur bat un peu, tandis que le doigt nerveux tâte à tout instant les gâchettes.

Soudain, il partit, ce coup ! Hautot père avait tiré. Tous s'arrêtèrent et virent une perdrix, se détachant d'une compagnie qui fuyait à tire-d'aile, tomber dans un ravin sous une broussaille épaisse. Le chasseur excité se mit à courir, enjambant, arrachant les ronces qui le retenaient, et il disparut à son tour dans le fourré, à la recherche de sa pièce.

Presque aussitôt, un second coup de feu retentit.

1. ***Sanglé*** : serré.
2. ***Batteries*** : ensemble des fusils.
3. ***Ravines*** : petits ravins.
4. ***Carniers*** : synonyme de « carnassières » (voir note 1, p. 115).

« Ah ! ah ! le gredin, cria M. Bermont, il aura déniché un lièvre là-dessous. »

Tous attendaient, les yeux sur ce tas de branches impénétrables au regard.

Le notaire, faisant un porte-voix de ses mains, hurla : « Les avez-vous ? » Hautot père ne répondit pas ; alors, César, se tournant vers le garde, lui dit : « Va donc l'aider, Joseph. Il faut marcher en ligne. Nous attendrons. »

Et Joseph, un vieux tronc d'homme sec, noueux, dont toutes les articulations faisaient des bosses, partit d'un pas tranquille et descendit dans le ravin, en cherchant les trous praticables avec des précautions de renard. Puis, tout de suite, il cria :

« Oh ! v'nez ! v'nez ! y a un malheur d'arrivé. »

Tous accoururent et plongèrent dans les ronces. Hautot père, tombé sur le flanc, évanoui, tenait à deux mains son ventre d'où coulait à travers sa veste de toile déchirée par le plomb de longs filets de sang sur l'herbe. Lâchant son fusil pour saisir la perdrix morte à portée de sa main, il avait laissé tomber l'arme dont le second coup, partant au choc, lui avait crevé les entrailles. On le tira du fossé, on le dévêtit, et on vit une plaie affreuse par où les intestins sortaient. Alors, après qu'on l'eut ligaturé [1] tant bien que mal, on le reporta chez lui et on attendit le médecin qu'on avait été quérir, avec un prêtre.

Quand le docteur arriva, il remua la tête gravement, et se tournant vers Hautot fils qui sanglotait sur une chaise :

« Mon pauvre garçon, dit-il, ça n'a pas bonne tournure. »

Mais quand le pansement fut fini, le blessé remua les doigts, ouvrit la bouche, puis les yeux, jeta devant lui des regards troubles, hagards, puis parut chercher dans sa mémoire, se souvenir, comprendre, et il murmura :

« Nom d'un nom, ça y est ! »

---

1. ***Après qu'on l'eut ligaturé*** : après qu'on eut refermé sa plaie en la serrant avec des liens.

Le médecin lui tenait la main.

« Mais non, mais non, quelques jours de repos seulement, ça ne sera rien. »

Hautot reprit :

« Ça y est ! j'ai l'ventre crevé ! Je le sais bien. »

Puis soudain :

« J'veux parler au fils, si j'ai le temps. »

Hautot fils, malgré lui, larmoyait et répétait comme un petit garçon :

« P'pa, p'pa, pauv'e p'pa ! »

Mais le père, d'un ton plus ferme :

« Allons pleure pu, c'est pas le moment. J'ai à te parler. Mets-toi là, tout près, ça sera vite fait, et je serai plus tranquille. Vous autres, une minute s'il vous plaît. »

Tous sortirent laissant le fils en face du père.

Dès qu'ils furent seuls :

« Écoute, fils, tu as vingt-quatre ans, on peut te dire les choses. Et puis il n'y a pas tant de mystère à ça que nous en mettons. Tu sais bien que ta mère est morte depuis sept ans, pas vrai, et que je n'ai pas plus de quarante-cinq ans, moi, vu que je me suis marié à dix-neuf. Pas vrai ? »

Le fils balbutia :

« Oui, c'est vrai.

– Donc ta mère est morte depuis sept ans, et moi je suis resté veuf. Eh bien ! ce n'est pas un homme comme moi qui peut rester veuf à trente-sept ans, pas vrai ? »

Le fils répondit :

« Oui, c'est vrai. »

Le père haletant, tout pâle et la face crispée, continua :

« Dieu que j'ai mal ! Eh bien, tu comprends. L'homme n'est pas fait pour vivre seul, mais je ne voulais pas donner une suivante à ta mère, vu que je lui avais promis ça. Alors… tu comprends ?

– Oui, père.

– Donc, j'ai pris une petite à Rouen, rue de l'Éperlan, 18 au troisième, la seconde porte – je te dis tout ça, n'oublie pas –, mais une petite qui a été gentille tout plein pour moi, aimante, dévouée, une vraie femme, quoi ? Tu saisis, mon gars ?

– Oui, père.

– Alors, si je m'en vas, je lui dois quelque chose, mais quelque chose de sérieux qui la mettra à l'abri. Tu comprends ?

– Oui, père.

– Je te dis que c'est une brave fille, mais là, une brave, et que, sans toi, et sans le souvenir de ta mère, et puis sans la maison où nous avons vécu tous trois, je l'aurais amenée ici, et puis épousée, pour sûr… écoute… écoute… mon gars… j'aurais pu faire un testament… je n'en ai point fait ! Je n'ai pas voulu… car il ne faut point écrire les choses… ces choses-là… ça nuit trop aux légitimes[1]… et puis ça embrouille tout… ça ruine tout le monde ! Vois-tu, le papier timbré[2], n'en faut pas, n'en fais jamais usage. Si je suis riche, c'est que je ne m'en suis point servi de ma vie. Tu comprends, mon fils !

– Oui, père.

– Écoute encore… Écoute bien… Donc je n'ai pas fait de testament… je n'ai pas voulu…, et puis je te connais, tu as bon cœur, tu n'es pas ladre[3], pas regardant, quoi. Je me suis dit que, sur ma fin, je te conterais les choses et que je te prierais de ne pas oublier la petite : – Caroline Donet, rue de l'Éperlan, 18, au troisième, la seconde porte, n'oublie pas. – Et puis, écoute encore. Vas-y tout de suite quand je serai parti – et puis arrange-toi pour qu'elle ne se plaigne pas de ma mémoire. – Tu as de quoi. – Tu le peux, – je te laisse assez… Écoute… En semaine on ne la trouve pas. Elle travaille chez Mme Moreau, rue Beauvoisine. Vas-y le jeudi. Ce jour-là elle m'attend. C'est mon jour, depuis six ans. Pauvre p'tite, va-t-elle pleurer !… Je te dis tout ça, parce que je te

1. ***Légitimes*** : héritiers légitimes.
2. ***Papier timbré*** : papier officiel, qui porte le sceau de l'État (timbre).
3. ***Tu n'es pas ladre*** : tu ne manques pas de générosité.

connais bien, mon fils. Ces choses-là on ne les conte pas au public, ni au notaire, ni au curé. Ça se fait, tout le monde le sait, mais ça ne se dit pas, sauf nécessité. Alors, personne d'étranger dans le secret, personne que la famille, parce que la famille, c'est tous en un seul. Tu comprends ?

– Oui, père.

– Tu promets ?

– Oui, père.

– Tu jures ?

– Oui, père.

– Je t'en prie, je t'en supplie, fils, n'oublie pas. J'y tiens.

– Non, père.

– Tu iras toi-même. Je veux que tu t'assures de tout.

– Oui, père.

– Et puis tu verras… tu verras ce qu'elle t'expliquera. Moi, je ne peux pas te dire plus. C'est juré ?

– Oui, père.

– C'est bon, mon fils. Embrasse-moi. Adieu. Je vas claquer, j'en suis sûr. Dis-leur qu'ils entrent. »

Hautot fils embrassa son père en gémissant, puis, toujours docile, ouvrit la porte, et le prêtre parut, en surplis [1] blanc, portant les saintes huiles [2].

Mais le moribond avait fermé les yeux, et il refusa de les rouvrir, il refusa de répondre, il refusa de montrer, même par un signe, qu'il comprenait.

Il avait assez parlé, cet homme, il n'en pouvait plus. Il se sentait d'ailleurs à présent le cœur tranquille, il voulait mourir en paix. Qu'avait-il besoin de se confesser au délégué de Dieu, puisqu'il venait de se confesser à son fils, qui était de la famille, lui ?

1. ***Surplis*** : vêtement en lin à manches larges que les prêtres portent par-dessus leur soutane pour administrer les sacrements.

2. ***Saintes huiles*** : huiles servant au prêtre lors de la cérémonie de l'extrême-onction, dernier sacrement administré aux mourants.

Il fut administré[1], purifié, absous[2], au milieu de ses amis et de ses serviteurs agenouillés, sans qu'un seul mouvement de son visage révélât qu'il vivait encore.

Il mourut vers minuit, après quatre heures de tressaillements indiquant d'atroces souffrances.

II

Ce fut le mardi qu'on l'enterra, la chasse ayant ouvert le dimanche. Rentré chez lui, après avoir conduit son père au cimetière, César Hautot passa le reste du jour à pleurer. Il dormit à peine la nuit suivante et il se sentit si triste en s'éveillant qu'il se demandait comment il pourrait continuer à vivre.

Jusqu'au soir cependant il songea que, pour obéir à la dernière volonté paternelle, il devait se rendre à Rouen le lendemain, et voir cette fille Caroline Donet qui demeurait rue de l'Éperlan, 18, au troisième étage, la seconde porte. Il avait répété, tout bas, comme on marmotte une prière, ce nom et cette adresse, un nombre incalculable de fois, afin de ne pas les oublier, et il finissait par les balbutier indéfiniment, sans pouvoir s'arrêter ou penser à quoi que ce fût, tant sa langue et son esprit étaient possédés par cette phrase.

Donc le lendemain, vers huit heures, il ordonna d'atteler Graindorge au tilbury[3] et partit au grand trot du lourd cheval normand sur la grand-route d'Ainville[4] à Rouen. Il portait sur le dos sa redingote noire, sur la tête son grand chapeau de soie et sur les jambes sa culotte à sous-pieds, et il n'avait pas voulu, vu

---

1. ***Il fut administré*** : il reçut l'extrême-onction.
2. ***Absous*** : pardonné de ses péchés.
3. ***Tilbury*** : petite voiture à cheval découverte.
4. ***Ainville*** : nom aux consonances normandes ; cependant, ce village n'existe pas dans les environs de Rouen.

la circonstance, passer par-dessus son beau costume, la blouse bleue qui se gonfle au vent, garantit le drap de la poussière et des taches, et qu'on ôte prestement à l'arrivée, dès qu'on a sauté de voiture.

Il entra dans Rouen alors que dix heures sonnaient, s'arrêta comme toujours à l'hôtel des Bons-Enfants, rue des Trois-Mares, subit les embrassades du patron, de la patronne et de ses cinq fils, car on connaissait la triste nouvelle ; puis, il dut donner des détails sur l'accident, ce qui le fit pleurer, repousser les services de toutes ces gens, empressées parce qu'ils le savaient riche, et refuser même leur déjeuner, ce qui les froissa.

Ayant donc épousseté son chapeau, brossé sa redingote et essuyé ses bottines, il se mit à la recherche de la rue de l'Éperlan, sans oser prendre de renseignements près de personne, de crainte d'être reconnu et d'éveiller les soupçons.

À la fin, ne trouvant pas, il aperçut un prêtre, et se fiant à la discrétion professionnelle des hommes d'Église, il s'informa auprès de lui.

Il n'avait que cent pas à faire, c'était justement la deuxième rue à droite.

Alors, il hésita. Jusqu'à ce moment, il avait obéi comme une brute à la volonté du mort. Maintenant il se sentait tout remué, confus, humilié à l'idée de se trouver, lui, le fils, en face de cette femme qui avait été la maîtresse de son père. Toute la morale qui gît en nous, tassée au fond de nos sentiments par des siècles d'enseignement héréditaire, tout ce qu'il avait appris depuis le catéchisme sur les créatures de mauvaise vie, le mépris instinctif que tout homme porte en lui contre elles, même s'il en épouse une, toute son honnêteté bornée de paysan, tout cela s'agitait en lui, le retenait, le rendait honteux et rougissant.

Mais il pensa : « J'ai promis au père. Faut pas y manquer. » Alors il poussa la porte entrebâillée de la maison marquée du numéro 18, découvrit un escalier sombre, monta trois étages, aperçut une porte, puis une seconde, trouva une ficelle de sonnette et tira dessus.

Le din-din qui retentit dans la chambre voisine lui fit passer un frisson dans le corps. La porte s'ouvrit et il se trouva en face d'une jeune dame très bien habillée, brune, au teint coloré, qui le regardait avec des yeux stupéfaits.

Il ne savait que lui dire, et, elle, qui ne se doutait de rien, et qui attendait l'autre, ne l'invitait pas à entrer. Ils se contemplèrent ainsi pendant près d'une demi-minute. À la fin elle demanda :

« Vous désirez, monsieur ? »

Il murmura :

« Je suis Hautot fils. »

Elle eut un sursaut, devint pâle, et balbutia comme si elle le connaissait depuis longtemps :

« Monsieur César ?

– Oui…

– Et alors ?…

– J'ai à vous parler de la part du père. »

Elle fit « Oh ! mon Dieu ! » et recula pour qu'il entrât. Il ferma la porte et la suivit.

Alors il aperçut un petit garçon de quatre ou cinq ans, qui jouait avec un chat, assis par terre devant un fourneau d'où montait une fumée de plats tenus au chaud.

« Asseyez-vous », disait-elle.

Il s'assit… Elle demanda :

« Eh bien ? »

Il n'osait plus parler, les yeux fixés sur la table dressée au milieu de l'appartement, et portant trois couverts, dont un d'enfant. Il regardait la chaise tournée dos au feu, l'assiette, la serviette, les verres, la bouteille de vin rouge entamée et la bouteille de vin blanc intacte. C'était la place de son père, dos au feu ! On l'attendait. C'était son pain qu'il voyait, qu'il reconnaissait près de la fourchette, car la croûte était enlevée à cause des mauvaises dents d'Hautot. Puis, levant les yeux, il aperçut, sur le mur, son portrait, la grande photographie faite à Paris l'année de l'Exposition [1], la même qui était clouée au-dessus du lit dans la chambre à coucher d'Ainville.

La jeune femme reprit :

« Eh bien, monsieur César ? »

Il la regarda. Une angoisse l'avait rendue livide et elle attendait, les mains tremblantes de peur.

Alors il osa.

« Eh bien, mam'zelle, papa est mort dimanche, en ouvrant la chasse. »

Elle fut si bouleversée qu'elle ne remua pas. Après quelques instants de silence, elle murmura d'une voix presque insaisissable :

« Oh ! pas possible ! »

Puis, soudain, des larmes parurent dans ses yeux, et levant ses mains elle se couvrit la figure en se mettant à sangloter.

Alors, le petit tourna la tête, et voyant sa mère en pleurs, hurla. Puis, comprenant que ce chagrin subit venait de cet inconnu, il se rua sur César, saisit d'une main sa culotte et de l'autre il lui tapait la cuisse de toute sa force. Et César demeurait éperdu, attendri, entre cette femme qui pleurait son père et cet enfant qui défendait sa mère. Il se sentait lui-même gagné par l'émotion, les yeux enflés par le chagrin ; et, pour reprendre contenance, il se mit à parler.

« Oui, disait-il, le malheur est arrivé dimanche matin sur les huit heures... » Et il contait, comme si elle l'eût écouté, n'oubliant aucun détail, disant les plus petites choses avec une minutie de paysan. Et le petit tapait toujours, lui lançant à présent des coups de pied dans les chevilles.

Quand il arriva au moment où Hautot père avait parlé d'elle, elle entendit son nom, découvrit sa figure et demanda :

« Pardon, je ne vous suivais pas, je voudrais bien savoir... Si ça ne vous contrariait pas de recommencer. »

---

1. ***L'Exposition*** : il s'agit ici de l'Exposition internationale qui se tint à Paris en 1878.

Il recommença dans les mêmes termes : « Le malheur est arrivé dimanche matin sur les huit heures… »

Il dit tout, longuement, avec des arrêts, des points, des réflexions venues de lui, de temps en temps. Elle l'écoutait avidement, percevant avec sa sensibilité nerveuse de femme toutes les péripéties qu'il racontait, et tressaillant d'horreur, faisant : « Oh mon Dieu ! » parfois. Le petit, la croyant calmée, avait cessé de battre César pour prendre la main de sa mère, et il écoutait aussi, comme s'il eût compris.

Quand le récit fut terminé, Hautot fils reprit :

« Maintenant, nous allons nous arranger ensemble suivant son désir. Écoutez, je suis à mon aise, il m'a laissé du bien. Je ne veux pas que vous ayez à vous plaindre… »

Mais elle l'interrompit vivement.

« Oh ! monsieur César, monsieur César, pas aujourd'hui. J'ai le cœur coupé… Une autre fois, un autre jour… Non, pas aujourd'hui… Si j'accepte, écoutez… ce n'est pas pour moi… non, non, non, je vous le jure. C'est pour le petit. D'ailleurs, on mettra ce bien sur sa tête. »

Alors César, effaré, devina, et balbutiant :

« Donc… c'est à lui… le p'tit ?

– Mais oui », dit-elle.

Et Hautot fils regarda son frère avec une émotion confuse, forte et pénible.

Après un long silence, car elle pleurait de nouveau, César, tout à fait gêné, reprit :

« Eh bien, alors, mam'zelle Donet, je vas m'en aller. Quand voulez-vous que nous parlions de ça ? »

Elle s'écria :

« Oh ! non, ne partez pas, ne partez pas, ne me laissez pas toute seule avec Émile ! Je mourrais de chagrin. Je n'ai plus personne, personne que mon petit. Oh ! quelle misère, quelle misère, monsieur César ! Tenez, asseyez-vous. Vous allez encore me parler. Vous me direz ce qu'il faisait, là-bas, toute la semaine. »

Et César s'assit, habitué à obéir.

Elle approcha, pour elle, une autre chaise de la sienne, devant le fourneau où les plats mijotaient toujours, prit Émile sur ses genoux, et elle demanda à César mille choses sur son père, des choses intimes où l'on voyait, où il sentait sans raisonner qu'elle avait aimé Hautot de tout son pauvre cœur de femme.

Et, par l'enchaînement naturel de ses idées, peu nombreuses, il en revint à l'accident et se remit à le raconter avec tous les mêmes détails.

Quand il dit : « Il avait un trou dans le ventre, on y aurait mis les deux poings », elle poussa une sorte de cri, et les sanglots jaillirent de nouveau de ses yeux. Alors, saisi par la contagion, César se mit aussi à pleurer, et comme les larmes attendrissent toujours les fibres du cœur, il se pencha vers Émile dont le front se trouvait à portée de sa bouche et l'embrassa.

La mère, reprenant haleine, murmurait :

« Pauvre gars, le voilà orphelin.

– Moi aussi », dit César.

Et ils ne parlèrent plus.

Mais soudain, l'instinct pratique de ménagère, habituée à songer à tout, se réveilla chez la jeune femme.

« Vous n'avez peut-être rien pris de la matinée, monsieur César ?

– Non, mam'zelle.

– Oh ! vous devez avoir faim. Vous allez manger un morceau.

– Merci, dit-il, je n'ai pas faim, j'ai eu trop de tourment. »

Elle répondit :

« Malgré la peine, faut bien vivre, vous ne me refuserez pas ça ! Et puis vous resterez un peu plus. Quand vous serez parti, je ne sais pas ce que je deviendrai. »

Il céda, après quelque résistance encore, et s'asseyant dos au feu, en face d'elle, il mangea une assiette de tripes qui crépitaient dans le fourneau et but un verre de vin rouge. Mais il ne permit point qu'elle débouchât le vin blanc.

Plusieurs fois il essuya la bouche du petit qui avait barbouillé de sauce tout son menton.

Comme il se levait pour partir, il demanda :

« Quand est-ce voulez-vous que je revienne pour parler de l'affaire, mam'zelle Donet ?

– Si ça ne vous faisait rien, jeudi prochain, monsieur César. Comme ça je ne perdrais pas de temps. J'ai toujours mes jeudis libres.

– Ça me va, jeudi prochain.

– Vous viendrez déjeuner, n'est-ce pas ?

– Oh ! quant à ça, je ne peux pas le promettre.

– C'est qu'on cause mieux en mangeant. On a plus de temps aussi.

– Eh bien, soit. Midi alors. »

Et il s'en alla après avoir encore embrassé le petit Émile, et serré la main de Mlle Donet.

III

La semaine parut longue à César Hautot. Jamais il ne s'était trouvé seul et l'isolement lui semblait insupportable. Jusqu'alors, il vivait à côté de son père, comme son ombre, le suivait aux champs, surveillait l'exécution de ses ordres, et quand il l'avait quitté pendant quelque temps le retrouvait au dîner. Ils passaient les soirs à fumer leurs pipes en face l'un de l'autre, en causant chevaux, vaches ou moutons ; et la poignée de main qu'ils se donnaient au réveil semblait l'échange d'une affection familiale et profonde.

Maintenant César était seul. Il errait par les labours d'automne, s'attendant toujours à voir se dresser au bout d'une plaine la grande silhouette gesticulante du père. Pour tuer les heures, il entrait chez les voisins, racontait l'accident à tous ceux qui ne l'avaient pas entendu, le répétait quelquefois aux autres. Puis, à bout d'occupations et de pensées, il s'asseyait au bord d'une route en se demandant si cette vie-là allait durer longtemps.

Souvent il songea à Mlle Donct. Elle lui avait plu. Il l'avait trouvée comme il faut, douce et brave fille, comme avait dit le père. Oui, pour une brave fille, c'était assurément une brave fille. Il était résolu à faire les choses grandement et à lui donner deux mille francs de rente [1] en assurant le capital [2] à l'enfant. Il éprouvait même un certain plaisir à penser qu'il allait la revoir le jeudi suivant, et arranger cela avec elle. Et puis l'idée de ce frère, de ce petit bonhomme de cinq ans, qui était le fils de son père, le tracassait, l'ennuyait un peu et l'échauffait en même temps. C'était une espèce de famille qu'il avait là dans ce mioche clandestin qui ne s'appellerait jamais Hautot, une famille qu'il pouvait prendre ou laisser à sa guise, mais qui lui rappelait le père.

Aussi quand il se vit sur la route de Rouen, le jeudi matin, emporté par le trot sonore de Graindorge, il sentit son cœur plus léger, plus reposé qu'il ne l'avait encore eu depuis son malheur.

En entrant dans l'appartement de Mlle Donet, il vit la table mise comme le jeudi précédent, avec cette seule différence que la croûte du pain n'était pas ôtée.

Il serra la main de la jeune femme, baisa Émile sur les joues et s'assit, un peu comme chez lui, le cœur gros tout de même. Mlle Donet lui parut un peu maigrie, un peu pâlie. Elle avait dû rudement pleurer. Elle avait maintenant un air gêné devant lui comme si elle eût compris ce qu'elle n'avait pas senti l'autre semaine sous le premier coup de son malheur, et elle le traitait avec des égards excessifs, une humilité douloureuse, et des soins touchants comme pour lui payer en attention et en dévouement les bontés qu'il avait pour elle. Ils déjeunèrent longuement, en parlant de l'affaire qui l'amenait. Elle ne voulait pas tant d'argent. C'était

---

1. ***Rente*** : ici, revenu périodique provenant d'un investissement financier.

2. ***En assurant le capital*** : en préservant le capital de la rente, c'est-à-dire en ne touchant pas à la mise financière de départ.

trop, beaucoup trop. Elle gagnait assez pour vivre, elle, mais elle désirait seulement qu'Émile trouvât quelques sous devant lui quand il serait grand. César tint bon, et ajouta même un cadeau de mille francs pour elle, pour son deuil.

Comme il avait pris son café, elle demanda :

« Vous fumez ?

– Oui… J'ai ma pipe. »

Il tâta sa poche. Nom d'un nom, il l'avait oubliée ! Il allait se désoler quand elle lui offrit une pipe du père, enfermée dans une armoire. Il accepta, la prit, la reconnut, la flaira, proclama sa qualité avec une émotion dans la voix, l'emplit de tabac et l'alluma. Puis il mit Émile à cheval sur sa jambe et le fit jouer au cavalier pendant qu'elle desservait la table et enfermait, dans le bas du buffet, la vaisselle sale pour la laver, quand il serait sorti.

Vers trois heures, il se leva à regret, tout ennuyé à l'idée de partir.

« Eh bien ! mam'zelle Donet, dit-il, je vous souhaite le bonsoir et charmé de vous avoir trouvée comme ça. »

Elle restait devant lui, rouge, bien émue, et le regardait en songeant à l'autre.

« Est-ce que nous ne nous reverrons plus ? » dit-elle.

Il répondit simplement :

« Mais oui, mam'zelle, si ça vous fait plaisir.

– Certainement, monsieur César. Alors, jeudi prochain, ça vous irait-il ?

– Oui, mam'zelle Donet.

– Vous venez déjeuner, bien sûr ?

– Mais…, si vous voulez bien, je ne refuse pas.

– C'est entendu, monsieur César, jeudi prochain midi, comme aujourd'hui.

– Jeudi midi, mam'zelle Donet ! »

DOSSIER

- Structure des nouvelles
- Testez vos connaissances sur le naturalisme
- Les personnages de *Jacques Damour*
- Microlectures
- Écrits théoriques sur le naturalisme
- Des motifs obsédants
- Un livre, un film
- Pour prolonger sa lecture

Structure des nouvelles

Complétez le tableau ci-dessous.

Nouvelle	Personnage	Fonctions du personnage (dans l'ordre chronologique)	Lieux où évolue le personnage (dans l'ordre chronologique)	Époques traversées par le personnage (dans l'ordre chronologique)
Jacques Damour	Jacques Damour		Paris, Nouméa, Amérique, Belgique, Paris, région de Mantes	
		Communard, peintre en bâtiment		
	Eugène			
			Paris	
La Retraite de M. Bougran				
	M. Devin			
		Ancien garçon de bureau		
	Eulalie			
Hautot père et fils			Ainville	Non mentionné. Sans doute, la IIIe République
	Caroline Donet			
			Rouen	

Testez vos connaissances sur le naturalisme

Pour répondre à ces questions, relisez la Présentation, p. 5, et consultez la Chronologie, p. 19.

1. À quelle époque situez-vous le courant naturaliste ?

A. fin du XVIIIe siècle
B. début du XIXe siècle
C. fin du XIXe siècle

2. D'où provient le terme « naturalisme » ?

A. de la littérature étrangère
B. de la science
C. d'une pratique consistant à vivre entièrement nu

3. Quel est l'écrivain qui, en premier, a utilisé le terme « naturalisme » en littérature ?

A. Victor Hugo
B. Guy de Maupassant
C. Émile Zola

4. Qu'appelle-t-on *Les Soirées de Médan* ?

A. un recueil de nouvelles naturalistes
B. une fête organisée par un écrivain naturaliste nommé Médan
C. la maison de campagne de Zola

5. Qui est Charles Darwin ?

A. un scientifique anglais dont les théories ont influencé les écrivains naturalistes
B. un écrivain naturaliste anglais
C. le nom d'un personnage d'un roman de Huysmans

6. Huysmans

A. était plus jeune que Zola
B. était plus âgé que Zola
C. avait le même âge que Zola

7. Maupassant

A. n'a jamais connu Zola
B. a connu Zola mais ils n'étaient pas proches
C. a été un ami de Zola

8. Huysmans n'a pas écrit

A. *La Cathédrale*
B. *En Route*
C. *Fort comme la mort*

9. Zola a écrit

A. *La Comédie humaine*
B. *Les Rougon-Macquart*
C. *Naïs Micoulin*

10. La nouvelle est un genre

A. ancien mais qui s'est développé au XIXe siècle
B. né au XIXe siècle
C. ancien et rare au XIXe siècle

Les personnages de *Jacques Damour*

Complétez le tableau suivant, sur le modèle de ce qui a été fait pour Jacques Damour :

Personnages	Description physique	Catégorie sociale	Caractéristiques psychologiques	Circonstances de la vie	Destin
Jacques Damour	Maigreur (chapitre I)	Ouvrier	Naïf, fougueux (sanguin), influençable	« Oisif » pendant la Commune (perte de travail) ; de plus en plus miséreux ; échauffé par les discours révolutionnaires ; révolté par la mort de son fils. Après la Commune, son énergie s'amenuise	Déchéance
Félicie					
Louise					
Eugène					
Sagnard					
Berru					

Microlectures

Microlecture n° 1 : extrait de *Jacques Damour*

Dans le chapitre I, relisez le passage allant de « Vers le milieu de décembre » à « C'était la Commune », p. 46-47. Répondez aux questions suivantes. N'oubliez pas de citer le texte pour vous justifier.

1. Le rapport entre l'Histoire et les personnages

A. Relevez les différents faits historiques mentionnés dans l'extrait.
B. Quels sont les termes qui relient logiquement le contexte historique et la vie privée des personnages ?

2. La réaction des personnages

A. Relevez les termes exprimant la réaction de Jacques Damour et d'Eugène par rapport à la situation historique. Que remarquez-vous ?
B. Même question appliquée au personnage de Félicie.
C. Même question appliquée au personnage de Berru.
D. Relevez les passages au discours indirect libre. Quel est l'effet produit ?

3. La place du narrateur

A. Le point de vue du narrateur est-il interne, externe ou omniscient ? Justifiez votre réponse.
B. Quelles sont les causes que semble privilégier Zola pour expliquer l'emballement révolutionnaire ?
C. D'après ce passage, diriez-vous que Zola éprouve de la sympathie pour le mouvement communard ou bien qu'il manifeste une certaine distance ?

Microlecture n° 2 : extrait de *Jacques Damour*

Relisez les deux premiers paragraphes du chapitre III jusqu'à « les nouvelles du quartier », p. 62-63. Répondez aux questions suivantes. N'oubliez pas de citer le texte pour vous justifier.

1. Un lieu d'« abondance »

A. Déterminez trois procédés d'écriture différents qui donnent l'impression d'une accumulation de viandes.

B. Quel est le champ lexical dominant du premier paragraphe ?
C. Qu'apporte la mention des « glaces » à la description de la boutique ?

2. Un « épanouissement de santé »

A. Relevez les champs lexicaux des couleurs et de la lumière et commentez-les.
B. Commentez « une bonne odeur de viande fraîche qui semblait mettre du sang aux joues de tous les gens de la maison ».
C. Qu'est-ce qui donne l'impression de prospérité ?

3. Le portrait de Félicie

A. Commentez le portrait physique de Félicie.
B. Pourquoi Félicie représente-t-elle l'archétype de la bonne commerçante ?

Microlecture n° 3 : extrait de *Jacques Damour*

Dans le chapitre V, relisez le passage allant de « La semaine suivante » à la fin de la nouvelle, p. 82-84. Répondez aux questions suivantes. N'oubliez pas de citer le texte pour vous justifier.

1. La nouvelle situation de Jacques Damour

A. Relevez les éléments qui caractérisent le physique du personnage. Commentez votre relevé.
B. Quelles sont les nouvelles occupations de Jacques Damour ?
C. Commentez les rapports que Jacques Damour entretient désormais avec sa fille.

2. Le renoncement

A. Relevez les expressions qui révèlent la soumission de Jacques Damour.
B. Pourquoi la nouvelle situation de Jacques Damour semble-t-elle contradictoire avec son passé ?
C. Comparez la situation dans laquelle se trouvent Jacques Damour et Berru avec les propos révolutionnaires qu'ils échangent.

3. Le regard ironique du narrateur

A. Qu'est-ce qui révèle le regard ironique du narrateur sur Damour ?
B. Même question pour le personnage de Berru.
C. Expliquez l'ironie du dernier paragraphe.

Microlecture n° 4 : extrait de *La Retraite de M. Bougran*

Dans le chapitre II, relisez le passage allant de « Mais ces pelouses soigneusement peignées » à « à ceux que l'on pouvait prévoir », p. 96-98. Répondez aux questions suivantes. N'oubliez pas de citer le texte pour vous justifier.

1. Un corps torturé

A. Relevez les termes appartenant au champ lexical du corps. Quelle figure de style Huysmans utilise-t-il par ce biais ?
B. Relevez les expressions qui dénotent la torture et celles qui la connotent.

2. Un paysage artificiel

A. Quelle est la valeur du pronom indéfini « on » ? Comment interprétez-vous l'emploi de ce pronom ?
B. Relevez les expressions révélant l'intervention de l'homme dans le paysage.
C. Relevez les négations. Que remarquez-vous ?

3. La portée symbolique de la description

A. Relevez les figures d'analogie et commentez-les.
B. Expliquez pourquoi le jardin du Luxembourg présente le « plus parfait symbole avec l'administration ».
C. En quoi le paysage peut-il être révélateur de l'état d'esprit de M. Bougran ?

Microlecture n° 5 : extrait d'*Hautot père et fils*

Relisez le chapitre III, du début à « la croûte du pain n'était pas ôtée », p. 127-128. Répondez aux questions suivantes. N'oubliez pas de citer le texte pour vous justifier.

1. Les procédés narratifs

A. Relevez les indications de temps et les temps verbaux. Commentez votre relevé. Quelle différence temporelle existe-t-il entre le dernier paragraphe de l'extrait et les paragraphes précédents ?
B. Déterminez les points de vue utilisés.

C. Repérez le passage au discours indirect libre. Quel est l'effet produit sur le lecteur ?

2. Les sentiments de César

A. Dans quel état d'esprit se trouve César dans les deux premiers paragraphes ?
B. Quels sont les sentiments que César commence à éprouver pour Mlle Donet ?
C. Commentez la phrase : « C'était une espèce de famille qu'il avait là dans ce mioche clandestin qui ne s'appellerait jamais Hautot, une famille qu'il pouvait prendre ou laisser à sa guise, mais qui lui rappelait le père. »

3. Rupture et continuité

A. Relevez les expressions qui montrent la proximité entre Hautot père et Hautot fils.
B. Quel changement majeur intervient dans la vie de César ?
C. Que suggèrent les deux derniers paragraphes à propos de la vie de César ?

Écrits théoriques sur le naturalisme

À plusieurs reprises, les écrivains naturalistes ont exposé leur conception de l'art et de la littérature. Voici deux extraits qui en témoignent.

Émile Zola, *Le Roman expérimental* (1880)

Le Roman expérimental rassemble des textes théoriques de Zola sur le naturalisme. L'écrivain déclare sa dette à l'égard des méthodes scientifiques, notamment celles exposées par le physiologiste Claude Bernard (1813-1878) dans son *Introduction à l'étude de la médecine expérimentale* (1865).

Sans me risquer à formuler des lois, j'estime que la question d'hérédité a une grande influence dans les manifestations intellectuelles et passionnelles de l'homme. Je donne aussi une importance considérable au milieu. Il faudrait aborder les théories de Darwin[1] ; mais ceci n'est qu'une étude générale sur la méthode expérimentale appliquée au roman, et je me perdrais, si je voulais entrer dans les détails. Je dirai simplement un mot des milieux. Nous venons de voir l'importance décisive donnée par Claude Bernard à l'étude du milieu intra-organique, dont on doit tenir compte, si l'on veut trouver le déterminisme des phénomènes chez les êtres vivants. Eh bien ! dans l'étude d'une famille, d'un groupe d'être vivants, je crois que le milieu social a également une importance capitale. Un jour, la physiologie nous expliquera sans doute le mécanisme de la pensée et des passions ; nous saurons comment fonctionne la machine individuelle de l'homme, comment il pense, comment il aime, comment il va de la raison à la passion et à la folie ; mais ces phénomènes, ces faits du mécanisme des organes agissant sous l'influence du milieu intérieur, ne se produisent pas au-dehors, isolément et dans le vide. L'homme n'est pas seul, il vit dans une société, dans un milieu social, et dès lors pour nous, romanciers, ce milieu social modifie sans cesse les phénomènes. Même notre grande étude est là, dans le travail réciproque de la société sur l'individu et de l'individu sur la société. Pour le physiologiste, le milieu extérieur et le milieu intérieur sont purement chimiques et physiques, ce qui lui permet de trouver les lois aisément. Nous n'en sommes pas à pouvoir prouver que le milieu social n'est, lui aussi, que chimique et physique. Il l'est à coup sûr, ou plutôt il est le produit variable d'un groupe d'êtres vivants, qui, eux, sont absolument soumis aux lois physiques et chimiques qui régissent aussi bien les corps vivants que les corps bruts. Dès lors, nous verrons qu'on peut agir sur le milieu social, en agissant sur les phénomènes dont on se sera rendu maître chez l'homme. Et c'est là ce qui constitue le roman expérimental : posséder le mécanisme des phénomènes chez l'homme, montrer les rouages

1. Charles Darwin (1809-1882) est un naturaliste anglais qui étudia l'évolution des espèces, notamment dans *De l'origine des espèces au moyen de la sélection naturelle* (1859) ; voir aussi Présentation, p. 12.

des manifestations intellectuelles et sensuelles telles que la physiologie nous les expliquera, sous les influences de l'hérédité et des circonstances ambiantes, puis montrer l'homme vivant dans le milieu qu'il a produit lui-même, qu'il modifie tous les jours, et au sein duquel il éprouve à son tour une transformation continue. Ainsi donc, nous nous appuyons sur la physiologie, nous prenons l'homme isolé des mains du physiologiste, pour continuer la solution du problème et résoudre scientifiquement la question de savoir comment se comportent les hommes, dès qu'ils sont en société.

1. En fonction de cet extrait, expliquez ce qu'est un écrivain naturaliste selon Zola.
2. Pourquoi peut-on parler de déterminisme à propos du destin des personnages zoliens ?
3. Voyez-vous dans *Jacques Damour* des éléments qui corroborent les principes théoriques exposés dans cet extrait ?

Guy de Maupassant, « Le Roman », préface de *Pierre et Jean* (1888)

Dans la préface de son roman *Pierre et Jean,* Maupassant résume ses positions esthétiques. Il expose notamment sa conception de la représentation littéraire de la vérité.

Le réaliste, s'il est un artiste, cherchera, non pas à nous montrer la photographie banale de la vie, mais à nous en donner la vision la plus complète, plus saisissante, plus probante que la réalité même.

Raconter tout serait impossible, car il faudrait alors un volume au moins par journée, pour énumérer les multitudes d'incidents insignifiants qui emplissent notre existence.

Un choix s'impose donc, – ce qui est une première atteinte à la théorie de toute la vérité.

La vie, en outre, est composée des choses les plus différentes, les plus imprévues, les plus contraires, les plus disparates ; elle est brutale, sans suite, sans chaîne, pleine de catastrophes inexplicables, illogiques et contradictoires qui doivent être classées au chapitre *faits divers*.

Voilà pourquoi l'artiste, ayant choisi son thème, ne prendra dans cette vie encombrée de hasards et de futilités que les détails caractéristiques utiles à son sujet, et il rejettera tout le reste, tout l'à-côté.

Un exemple entre mille :

Le nombre des gens qui meurent chaque jour par accident est considérable sur la terre. Mais pouvons-nous faire tomber une tuile sur la tête d'un personnage principal, ou le jeter sous les roues d'une voiture, au milieu d'un récit, sous prétexte qu'il faut faire la part de l'accident ?

La vie encore laisse tout au même plan, précipite les faits ou les traîne indéfiniment. L'art, au contraire, consiste à user de précautions et de préparations, à ménager des transitions savantes et dissimulées, à mettre en pleine lumière, par la seule adresse de la composition, les événements essentiels et à donner à tous les autres le degré de relief qui leur convient, suivant leur importance, pour produire la sensation profonde de la vérité spéciale qu'on veut montrer.

Faire vrai consiste donc à donner l'illusion complète du vrai, suivant la logique ordinaire des faits, et non à les transcrire servilement dans le pêle-mêle de leur succession.

J'en conclus que les Réalistes de talent devraient s'appeler plutôt Illusionnistes.

1. Citez et reformulez la thèse du texte ainsi que les arguments qui la soutiennent.
2. Repérez les termes qui marquent l'enchaînement logique des arguments et des exemples.
3. Repérez les exemples utilisés par Maupassant. Comment servent-ils l'argumentation ?

Des motifs obsédants

Jacques Damour peut être rapproché de quelques romans zoliens qui développent des motifs analogues. De même, il est possible d'établir des correspondances entre la nouvelle *Hautot père et fils* et le roman de Maupassant *Fort comme la mort*.

Émile Zola, *Le Ventre de Paris* (1873)

Troisième roman des « Rougon-Macquart », *Le Ventre de Paris* annonce par certains points *Jacques Damour*. Le héros, Florent, déporté après le coup d'État de Louis-Napoléon Bonaparte le 2 décembre 1851, revient du bagne de Cayenne dont il s'est évadé. Il est recueilli par des parents charcutiers aux Halles, à Paris : Lisa Macquart et son époux Quenu. Compromis dans un complot contre le régime impérial, Florent est dénoncé par Lisa. La disparition du « Maigre » révolté rend la sécurité aux « Gras », conservateurs. Voici le portrait de Lisa dans sa charcuterie (chapitre II).

La belle Lisa resta debout dans son comptoir, la tête un peu tournée du côté des Halles ; et Florent la contemplait, muet, étonné de la trouver si belle. Il l'avait mal vue jusque-là, il ne savait pas regarder les femmes. Elle lui apparaissait au-dessus des viandes du comptoir. Devant elle, s'étalaient, dans des plats de porcelaines blanches, les saucissons d'Arles et de Lyon entamés, les langues et les morceaux de petit salé cuits à l'eau, la tête de cochon noyée de gelée, un pot de rillettes ouvert et une boîte de sardines dont le métal crevé montrait un lac d'huile ; puis à droite et à gauche, sur des planches, des pains de fromage d'Italie et de fromage de cochon, un jambon ordinaire d'un rose pâle, un jambon d'York à la chair saignante, sous une large bande de graisse. Et il y avait encore des plats ronds et ovales, les plats de la langue fourrée, de la galantine[1] truffée, de la hure[2] aux pistaches ;

1. *Galantine* : charcuterie à base de viandes blanches désossées et de farce, servie dans sa gelée.
2. *Hure* : tête de cochon.

■ Florent et Quenu par André Gill (1840-1885) pour *Le Ventre de Paris*. Jacques Damour et Sagnard ressemblent à ces deux personnages : Florent, le républicain idéaliste, et Quenu, le charcutier. Ils illustrent l'allégorie des Maigres et des Gras exposée dans le roman. La lutte pour la vie prend la forme d'appétits divers. Les Gras, comme Sagnard ou Quenu, ont réussi à les satisfaire, les Maigres, comme Florent ou Jacques Damour, n'y sont pas parvenus. Or, selon la théorie de Darwin sur l'évolution des espèces, les faibles finissent par être éliminés.

tandis que, tout près d'elle, sous sa main, étaient le veau piqué, le pâté de foie, le pâté de lièvre, dans des terrines jaunes. [...] Le fumet des viandes montait, elle était comme prise, dans sa paix lourde, par l'odeur des truffes. Ce jour-là, elle avait une fraîcheur superbe ; la blancheur de son tablier et de ses manches continuait la blancheur des plats, jusqu'à son cou gras, à ses joues rosées, où revivaient les tons tendres des jambons et les pâleurs des graisses transparentes. Intimidé à mesure qu'il la regardait, inquiété par cette carrure correcte, Florent finit par l'examiner à la dérobée, dans les glaces, autour de la boutique. Elle s'y reflétait de dos, de face, de côté ; même au plafond, il la retrouvait, la tête en bas, avec son chignon serré, ses minces bandeaux, collés sur les tempes. C'était toute une foule de Lisa, montrant la largeur des épaules, l'emmanchement puissant des bras, la poitrine arrondie, si muette et si tendue, qu'elle n'éveillait aucune pensée charnelle et qu'elle ressemblait à un ventre. Il s'arrêta, il se plut surtout à un de ses profils, qu'il avait dans une glace, à côté de lui, entre deux moitiés de porcs. Tout le long des marbres et des glaces, accrochés aux barres à dents de loup, des porcs et des bandes de lard à piquer pendaient ; et le profil de Lisa, avec sa forte encolure, ses lignes rondes, sa gorge qui avançait, mettait une effigie de reine empâtée, au milieu de ce lard et de ces chairs crues. Puis, la belle charcutière se pencha, sourit d'une façon amicale aux deux poissons rouges qui nageaient dans l'aquarium de l'étalage, continuellement.

Rapprochez cet extrait du chapitre III de la nouvelle (p. 62).
1. Quels sont les points communs ?
2. Quelle image des commerces et des deux commerçantes Zola veut-il créer ?

Émile Zola, *La Débâcle* (1892)

Avant-dernier roman du cycle des « Rougon-Macquart », *La Débâcle* a pour toile de fond la guerre de 1870 et la Commune. Deux soldats, Jean Macquart et Maurice Levasseur, participent à la bataille de Sedan. Prisonniers des Prussiens, ils s'évadent. Les Allemands marchent sur Paris, où la Commune est bientôt proclamée. Jean fait partie des troupes versaillaises chargées de la réprimer. Il blesse involontairement Maurice, qui, lui, a rejoint le camp des insurgés. Maurice meurt, Paris brûle, mais Jean veut croire à un avenir meilleur. Le passage qui suit retrace l'engagement de Maurice auprès des communards (troisième partie, chapitre VII).

[...] Si l'idée justicière et vengeresse devait être écrasée dans le sang, que s'entrouvrît donc la terre, transformée au milieu d'un de ces bouleversements cosmiques, qui ont renouvelé la vie ! Que Paris s'effondrât, qu'il brûlât comme un immense bûcher d'holocauste, plutôt que d'être rendu à ses vices et à ses misères, à cette vieille société gâtée d'abominable injustice ! Et il faisait un autre grand rêve noir, la ville géante en cendre, plus rien que des tisons fumants sur les deux rives, la plaie guérie par le feu, une catastrophe sans nom, sans exemple, d'où sortirait un peuple nouveau. Aussi s'enfiévrait-il davantage aux récits qui couraient : les quartiers minés, les catacombes bourrées de poudre, tous les monuments prêts à sauter, des fils électriques réunissant les fourneaux pour qu'une seule étincelle les allumât tous d'un coup, des provisions considérables de matières inflammables, surtout du pétrole, de quoi changer les rues et les places en torrents, en mers de flammes. La Commune l'avait juré, si les Versaillais entraient, pas un n'irait au-delà des barricades qui fermaient les carrefours, les pavés s'ouvriraient, les édifices crouleraient, Paris flamberait et engloutirait tout un monde.

Et, lorsque Maurice se jeta à ce rêve fou, ce fut par un sourd mécontentement contre la Commune elle-même. Il désespérait des hommes, il la sentait incapable, tiraillée par trop d'éléments contraires, s'exaspérant, devenant incohérente et imbécile, à mesure qu'elle était menacée davantage. De toutes les réformes sociales qu'elle avait promises, elle n'avait pu en réaliser une seule, et il était déjà certain qu'elle ne laisserait derrière elle aucune œuvre durable. Mais son grand mal surtout venait des rivalités qui la déchiraient, du soupçon rongeur dans lequel vivait chacun de ses membres. Beaucoup déjà, les modérés, les inquiets, n'assistaient plus aux séances. Les autres agissaient sous le fouet des événements, tremblaient devant une dictature possible, en étaient à l'heure où les groupes des assemblées révolutionnaires s'exterminent entre eux, pour sauver la patrie. [...] Et le grand effort social entrevu s'éparpillait, avortait ainsi, dans l'isolement qui s'élargissait d'heure en heure autour de ces hommes frappés d'impuissance, réduits aux coups de désespoir.

Dans Paris, la terreur montait. Paris, irrité d'abord contre Versailles, frissonnant des souffrances du siège, se détachait maintenant de la Commune. L'enrôlement forcé, le décret qui incorporait tous les hommes au-dessous de quarante ans, avait irrité les gens calmes et déterminé une fuite en masse : on s'en allait, par Saint-Denis, sous des déguisements, avec de faux papiers alsaciens, on descendait dans le fossé des fortifications, à l'aide de cordes et d'échelles, pendant les nuits noires. Depuis longtemps, les bourgeois riches étaient partis. Aucune fabrique, aucune usine n'avait rouvert ses portes. Pas de commerce, pas de travail, l'existence d'oisiveté continuait, dans l'attente anxieuse de l'inévitable dénouement. Et le peuple ne vivait toujours que de la solde des gardes nationaux, ces trente sous que payaient maintenant les millions réquisitionnés à la Banque, les trente sous pour lesquels beaucoup se battaient, une des causes au fond et la raison d'être de l'émeute. Des quartiers entiers s'étaient vidés, les boutiques closes, les façades mortes. Sous le grand soleil de l'admirable mois de mai, dans les rues désertes, on ne rencontrait plus que la pompe farouche des enterrements de fédérés, tués à l'ennemi, des convois sans prêtres, des corbillards couverts de drapeaux rouges, suivis de foules portant des bouquets d'immortelles. Les églises, fermées, se transformaient chaque soir en salles de club. Les seuls journaux révolutionnaires paraissaient, on avait supprimé tous les autres. C'était Paris détruit, ce grand et malheureux Paris qui gardait, contre l'Assemblée, sa répulsion de capitale républicaine, et chez lequel grandissait à présent la terreur de la Commune, l'impatience d'en être délivré, au milieu des effrayantes histoires qui couraient, des arrestations quotidiennes d'otages, des tonneaux de poudre descendus dans les égouts, où, disait-on, veillaient des hommes avec des torches, attendant un signal.

Maurice, alors, qui n'avait jamais bu, se trouva pris et comme noyé, dans le coup d'ivresse générale. Il lui arrivait, maintenant, lorsqu'il était de service à quelque poste avancé, ou bien lorsqu'il passait la nuit au corps de garde, d'accepter un petit verre de cognac. S'il en prenait un second, il s'exaltait, parmi les souffles d'alcool qui lui passaient sur la face. C'était l'épidémie envahissante, la soûlerie chronique, léguée par le premier siège, aggravée par le second, cette population sans pain, ayant de l'eau-de-vie et du vin à pleins tonneaux, et qui s'était saturée, délirante désormais à la moindre goutte. Pour la première fois de sa vie, le 21 mai, un dimanche, Maurice rentra ivre, vers le soir, rue des Orties, où il couchait de temps à autre. Il avait passé la journée à Neuilly encore, faisant le coup de feu, buvant avec les camarades, dans l'espoir de combattre l'immense fatigue qui l'accablait. Puis, la tête perdue, à bout de force, il était venu se jeter sur le lit de sa petite chambre, ramené par l'instinct, car jamais il ne se rappela comment il était rentré. Et, le lendemain seulement, le soleil était déjà haut, lorsque des bruits de tocsins, de tambours et de clairons le réveillèrent. La veille, au Point-du-Jour, les Versaillais, trouvant une porte abandonnée, étaient entrés librement dans Paris.

Rapprochez cet extrait du chapitre I de *Jacques Damour*.
1. Quels sont les points de comparaison ?
2. En vous appuyant sur les deux textes, formulez les critiques que Zola semble faire aux communards.

Maupassant, *Fort comme la mort* (1889)

Composé la même année que *Hautot père et fils*, le roman *Fort comme la mort* est à la fois proche et différent de la nouvelle. L'action se passe dans les milieux raffinés parisiens. Olivier Bertin, peintre célèbre, entretient depuis des années une relation avec la comtesse Anne de Guilleroy. Celle-ci a une fille, Annette, placée en pension.

Alors que la passion entre le peintre et la comtesse se transforme peu à peu en amitié amoureuse, Annette, en âge de se marier, revient à Paris. Or la jeune femme ressemble trait pour trait au portrait de sa mère que Bertin a peint quelques années auparavant. Le peintre tombe alors éperdument amoureux de ce double rajeuni de la comtesse. On retrouve donc dans le roman (dont le passage suivant reproduit un extrait de la deuxième partie, chapitre V) le schéma de répétition et la dimension incestueuse des sentiments amoureux remarquables dans *Hautot père et fils*.

Il avait aimé une femme, et cette femme l'avait aimé. Par elle il avait reçu ce baptême qui révèle à l'homme le monde mystérieux des émotions et des tendresses. Elle avait ouvert son cœur presque de force, et maintenant il ne le pouvait plus refermer. Un autre amour entrait, malgré lui, par cette brèche ! un autre ou plutôt le même surchauffé par un nouveau visage, le même accru de toute la force que prend, en vieillissant, ce besoin d'adorer. Donc il aimait cette petite fille ! Il n'y avait plus à lutter, à résister, à nier, il l'aimait avec le désespoir de savoir qu'il n'aurait même pas d'elle un peu de pitié, qu'elle ignorerait toujours son atroce tourment, et qu'un autre l'épouserait. À cette pensée sans cesse reparue, impossible à chasser, il était saisi par une envie animale de hurler à la façon des chiens attachés, car il se sentait impuissant, asservi, enchaîné comme eux. De plus en plus nerveux, à mesure qu'il songeait, il allait toujours à grand pas à travers la vaste pièce éclairée comme pour une fête. Ne pouvant enfin tolérer davantage la douleur de cette plaie avivée, il voulut essayer de la calmer par le souvenir de son ancienne tendresse, de la noyer dans l'évocation de sa première et grande passion. Dans le placard où il la gardait, il alla prendre la copie qu'il avait faite autrefois pour lui du portrait de la comtesse, puis il la posa sur son chevalet, et, s'étant assis en face, la contempla. Il essayait de la revoir, de la retrouver vivante, telle qu'il l'avait aimée jadis. Mais c'était toujours Annette qui surgissait sur la toile. La mère avait disparu, s'était évanouie laissant à sa place cette autre figure qui lui ressemblait étrangement. C'était la petite avec ses cheveux un peu plus clairs, son sourire un peu plus gamin, son air un peu plus moqueur, et il sentait bien qu'il appartenait corps et âme à ce jeune être-là, comme il n'avait jamais appartenu à l'autre, comme une barque qui coule appartient aux vagues !

1. Quels sont les procédés qui expriment les sentiments et les pensées d'Olivier Bertin ?
2. Quel rôle joue le tableau dans cette scène ?

Un livre, un film

Le Festin de Babette, de Gabriel Axel (Danemark, 1987)

Le Festin de Babette, qui reçut en 1988 l'Oscar américain du meilleur film étranger, est adapté d'une nouvelle de l'auteure danoise Karen Blixen, *Le Dîner de Babette*, publiée en 1958 et traduite en français trois ans plus tard.

Le point de départ du scénario ressemble au début de *Jacques Damour* de Zola : comme Jacques, exilé en Nouvelle-Calédonie, Babette quitte Paris après l'échec de la Commune en 1871 pour se réfugier au Danemark. Logée chez deux sœurs au cœur d'un petit village protestant, elle découvre le rigorisme et l'ascétisme des règles de vie de cette communauté luthérienne, et décide de bouleverser les habitudes des villageois le temps d'un repas somptueux.

En filmant un hameau sinistre sur les côtes grises et battues par les vents du Jutland au Danemark, Gabriel Axel révèle, à la manière d'un peintre, l'austérité glaçante de cette communauté religieuse et souligne le sentiment de solitude qui habite son héroïne.

Le film décrit la préparation du festin avec cette « précision clinique » qu'affectionnait Maupassant (p. 15), ne nous épargnant aucun détail de la manipulation des « cailles en sarcophage » prêtes à passer au four. L'étude minutieuse des gestes de la cuisinière, la transformation des expressions des convives au contact de la nourriture ainsi que l'aspect pictural des plats contribuent à faire émerger « l'effet de réel », cher aux naturalistes.

■ Photogramme du film *Le Festin de Babette* de Gabriel Axel.

Analyse d'ensemble

Le film met en scène une forme de protestantisme qui repose, entre autres, sur la certitude que les êtres humains sont moralement mauvais, mais que Dieu peut les sauver en leur accordant la grâce s'ils suscitent sa pitié par un comportement irréprochable.

1. En prêtant attention aux couleurs et au décor, montrez que l'austérité et la rigidité règnent dans le village danois.
2. Comment la peur s'insinue-t-elle progressivement chez les deux sœurs à mesure que la nourriture arrive par bateau pour la préparation du festin ?
3. Expliquez comment le film oppose deux conceptions de la vie : l'une qui incite à profiter des bonnes choses quand on le peut, l'autre qui mène à se préparer, par la religion, à une « vie après la mort ». Pour répondre, observez les couleurs, les attitudes et les expressions des personnages.
4. Comparez ce que sont devenus les rêves de jeune homme du général Löwenhielm, dans le film, et de Jacques Damour, dans le livre.
5. Que pensez-vous de la façon qu'ont ces deux personnages de se réfugier dans l'imaginaire en croyant, comme le dit le général, que « nos choix n'ont aucune importance » ?

Analyse de séquence : le dîner [de 01.07.15 à 01.41.20]

1. Comment la préparation du repas par Babette est-elle filmée ? Commentez les couleurs, notamment, et la façon de mettre en parallèle la cuisine et la salle à manger.
2. Concentrez-vous sur la mise en scène et la lumière. En quoi peut-on dire que les scènes s'apparentent à des tableaux ? Quel est l'effet obtenu ?
3. Par quels indices, notamment sonores, les effets que la nourriture et la boisson produisent sur les invités sont-ils rendus ?
4. En quoi peut-on dire que cette scène est naturaliste ?
5. Comment interprétez-vous l'absence de tout contact entre les dîneurs et Babette, qui reste jusqu'à la fin du repas dans la cuisine ?

Pour prolonger sa lecture

D'Émile Zola, vous pouvez lire

des nouvelles

L'Attaque du moulin. Les Quatre Journées de Jean Gourdon, éd. Nadine Satiat, GF-Flammarion, « Étonnants Classiques », 1995.
Contes à Ninon, éd. Colette Becker, GF-Flammarion, 1990 [recueil].
Naïs Micoulin, éd. Nadine Satiat, GF-Flammarion, 1997 [recueil].

des romans parmi les Rougon-Macquart

L'Assommoir, éd. Chantal Pierre-Gnassounou, GF-Flammarion « Dossier », 2000.
La Débâcle, éd. Robert A. Jouanny, GF-Flammarion, 1976.
Nana, éd. Marie-Ange Voisin-Fougère, GF-Flammarion « Dossier », 2000.
Le Ventre de Paris, éd. Robert A. Jouanny, GF-Flammarion, 1971.

des textes théoriques

Le Roman expérimental, éd. François-Marie Mourad, GF-Flammarion, 2006.

des textes sur l'affaire Dreyfus

La Vérité en marche. L'affaire Dreyfus, éd. Colette Becker, GF-Flammarion, 1969.

De Joris-Karl Huysmans, vous pouvez lire

une nouvelle

Sac au dos, Ombres, « Petite bibliothèque », 1994 [publiée originellement dans *Les Soirées de Médan*].

des romans

À rebours, éd. Daniel Grojnowski, GF-Flammarion « Dossier », 2004.
À vau-l'eau, Mille et Une Nuits, « La petite collection », 2000.
En rade, éd. Jean Borie, Gallimard, « Folio », 1984.
Nouvelles, éd. Daniel Grojnowski, GF-Flammarion, 2007.

De Guy de Maupassant, vous pouvez lire

des nouvelles

Boule-de-Suif, GF-Flammarion, « Étonnants Classiques », 1998.

Le Horla et autres contes fantastiques, GF-Flammarion, « Étonnants Classiques », 1995.

Le Papa de Simon et autres nouvelles, GF-Flammarion, « Étonnants Classiques », 1995.

La Parure et autres scènes de la vie parisienne, GF-Flammarion, « Étonnants Classiques », 2001.

des romans

Bel-Ami, éd. Adeline Wrona, GF-Flammarion « Dossier », 1999.

Fort comme la mort, éd. Daniel Mortier, Pocket, 1999.

Pierre et Jean, éd. Daniel Leuwers, GF-Flammarion, 1999.

Une vie, éd. Antonia Fonyi, GF-Flammarion, 1999.

Les Soirées de Médan (Zola, Huysmans, Maupassant, Céard, Hennique, Alexis) sont accessibles aux éditions Grasset, « Les cahiers rouges », 1991.

Création maquette intérieure :
Sarbacane Design.

Composition : IGS-CP.
N° d'édition : L.01EHRN000587.N001
Dépôt légal : août 2018
Imprimé en Espagne par Novoprint (Barcelone)